미야모토 무사시 7

불패의 검성劍聖
# 미야모토 무사시 7
도道의 장

| **초판 1쇄 발행** | 2015년 1월 20일 |
| **초판 5쇄 발행** | 2019년 4월 30일 |

| **지은이** | 요시카와 에이지 |
| **옮긴이** | 강성욱 |
| **펴낸이** | 한승수 |
| **펴낸곳** | 문예춘추사 |
| **편 집** | 신주식 고은정 |
| **마케팅** | 심지훈 |
| **디자인** | 오성민 |

| **등록번호** | 제300-1994-16 |
| **등록일자** | 1994년 1월 24일 |
| **주 소** | 서울특별시 마포구 연남동 565-15 지남빌딩 309호 |
| **전 화** | 02 338 0084 |
| **팩 스** | 02 338 0087 |
| **블로그** | moonchusa.blog.me |
| **E-mail** | moonchusa@naver.com |

| **ISBN** | 978-89-7604-216-3  04830 |
| | 978-89-7604-209-5  04830(전 10권) |

*책값은 뒤표지에 있습니다.
*잘못된 책은 구입처에서 교환해 드립니다.

不敗의 劍聖

# 미야모토 무사시

**7** 道
도의 장

요시카와 에이지 吉川英治 지음
강성욱 옮김

문예춘추사

차례

도의장

# 새로운
# 제자

그곳은 시모우사노구니[下總國]의 교도쿠[行德]촌에서 일 리쯤 떨어진 한촌이었다. 아니 마을이라고 할 수 없을 만큼 집도 몇 채 없었고 한쪽에 가는 대나무와 갈대와 잡목이 자라고 있는 황야였는데 마을 사람들은 호텐가하라[法典ヶ原]라고 불렀다.

히다치지[常陸路] 쪽에서 한 행자가 걸어오고 있었다. 이 부근의 길과 숲은 소마[相馬][1]의 마사카도[將門]가 반도[坂東][2]에서 위세를 떨치던 무렵의 모습 그대로 간직하고 있는 듯 적요했다.

무사시는 해가 저물자 발길을 멈추고 들길 갈림길에서 망설이고 있었다. 들녘 끝으로 긴 그림자를 드리운 가을 햇살에 군데군데 고여 있는 물도 붉게 물들어 있었고 이미 발밑도 어둑어둑했다.

---

1 후쿠시마 현 북부에 있는 군郡.
2 이바라키[茨城] 현 남서부에 있는 시.

무사시는 불빛을 찾았다. 간밤에는 들판에서, 그저께 밤에는 산에서 돌을 베고 잤다. 네댓새 전, 도치기栃木 부근 언덕에서 소나기를 만난 이후부터 몸이 왠지 나른했다. 감기 같은 건 걸린 적이 없었는데 어쩐지 오늘 밤에는 밤이슬이 걱정스러웠다. 초가집 처마 밑이라도 좋았다. 불과 따뜻한 밥이 그리웠다.

"어쩐지 소금 냄새가 나는데, 사오 리만 가면 분명 바다가 있을 것이다. 그래, 소금 냄새를 따라서……."

다시 들길을 걸어갔다. 자신의 예상이 맞을지 어떨지 몰랐다. 만약 바다도 없고 인가도 보이지 않는다면 오늘 밤에도 가을 풀숲에서 잘 수밖에 없었다.

오늘 밤에도 해가 지면 둥근 달이 뜰 것이었다. 들판은 온통 벌레 우는 소리로 귀가 멍멍할 정도였다. 터벅터벅 걸어가는 무사시의 발자국 소리에 놀라 벌레들이 그의 옷자락이나 칼자루에 들러붙었다. 무사시는 자신에게 풍류가 있다면 이런 저문 길도 기꺼이 즐기며 걸을 수 있을 거라고 생각했다.

자신에게 말했다.

'그래, 즐기자.'

그러자 그의 마음이 대답했다.

'하지만…….'

그럴 기분이 들지 않았다. 사람이 그리웠고 배가 고팠으며 고독에 힘겨웠다. 육신이 수행에 지쳐 있었다. 애초에 이것을 바란 것은 아니었다. 무사시는 반성을 하며 걷고 있었다. 기소와 나카센도에서 에도로 가려고 했는데 에도에 도착하기 며칠 전에 다시 미치노쿠니陸奥로 방향을 바꿨다. 그 후로부터 일 년 반, 무사시는 이제야 에도로 가고자 했다.

에도를 뒤로 하고 미치노쿠니로 서둘러 향한 이유가 있었다. 스와의 숙소에서 만난 센다이仙台 가의 가신인 이시모다 게키의 뒤를 쫓기 위해서였다. 자신이 알지 못하는 사이에 보통이 속에 넣어 둔 돈을 게키에게 돌려주어야 했다. 무사시는 그런 물질적인 도움을 받는 것이 마음에 큰 부담이었다.

'센다이 가를 섬길 정도로…….'

무사시는 그에 만족할 수 없었다. 설사 수행에 지치고 끼니가 궁하며 길 위에서 떠돌아도 자신의 포부를 생각하면 웃음이 절로 나왔다. 자신의 커다란 포부는 다데伊達 공이 육십여 만 석을 들여서 자신을 맞아 준다고 해도 분명 만족하지 못할 것이었다.

"옹?"

문득 발아래에서 큰 물소리가 들렸다. 무사시는 흙으로 만든 다리 위에서 발길을 멈추고 어둠에 잠긴 작은 시내를 살펴보았다. 무언가가 찰박찰박 물소리를 내고 있었다. 아직 들녘 끝에 붉은 구름이 남아 있는 만큼 시내 아래는 더욱 어두웠다.

"수달인가?"

다리 위에 서서 뚫어지게 바라보던 무사시는 이윽고 그것이 어린 소년임을 깨달았다. 소년은 수달과 별반 다를 게 없는 얼굴을 하고 있었다. 소년은 수상하다는 듯 다리 위에 있는 사람을 쳐다봤다.

"애야, 뭘 하고 있느냐?"

항상 아이를 보면 말을 걸어 보고 싶어지는 무사시가 소년에게 물었다.

"미꾸라지."

소년은 그렇게만 말하고 소쿠리를 물속에 넣고 흔들어 댔다.

"미꾸라지구나."

아무런 의미도 없는 대화였지만 이런 들녘에선 친근하게 들렸다.

"많이 잡았니?"

"가을이라 별로 없어요."

"나한테 조금 나누어 주지 않겠니?"

"이 미꾸라지를요?"

"이 수건에 한 줌만 싸다오. 돈은 줄 테니."

"미안하지만 오늘 잡은 미꾸라지는 아버지에게 드려야 해서 줄 수가 없어요."

소쿠리를 끼고 시내에서 뛰어나온 소년은 다람쥐마냥 싸리나무 사이를 헤치며 사라졌다.

"그놈 참 재빠르군."

혼자 남겨진 무사시는 미소를 지었다. 자신의 어렸을 적 모습이 떠오르며 마타하치도 저런 때가 있었지 하는 생각이 들었다.

'조타로는 처음에 봤을 때는 꼭 저만했었는데. 조타로는 그 후에 어

떻게 됐을까? 어디서 무엇을 하고 있을까?'

오츠와 함께 헤어지고 나서 삼 년 째였다. 그때가 열넷, 작년이 열다섯이었다.

'아아, 조타로도 벌써 열여섯이구나.'

조타로는 이렇게 가난한 자신을 스승이라 부르고 스승으로 섬겼었다. 하지만 무사시는 조타로에게 해 준 게 아무것도 없었다. 그저 오츠와 무사시의 중간에서 고생만 시켰을 뿐이었다.

무사시는 다시 들 한가운데에 멈춰 섰다. 조타로와 오츠와 있었던 이런저런 추억에 잠겨서 한동안 피곤한 줄도 모르고 걸었지만 결국에는 길을 잃고 말았다. 다행히 둥근 달이 하늘에 떠 있었고 벌레들이 요란하게 울어 댔다. 오츠는 이런 밤에 피리 부는 것을 좋아했던 기억이 떠올랐다. 벌레들의 울음소리가 오츠와 조타로의 목소리처럼 들렸다.

"아, 집이 있다."

불빛이 보였다. 무사시는 잠시 모든 것을 잊고 불빛을 향해 걸어갔다. 가까이 가서 보니 집 한 채가 보였는데 참억새와 싸리가 기울어진 처마보다 더 커 보였다. 커다란 물방울처럼 보이는 것은 벽을 휘감고 있는 박꽃들이었다. 무사시가 다가가자 집 옆에 매어 둔 말이 느닷없이 숨을 거칠게 내쉬며 화를 내듯 울었다.

"누구야!"

말의 울음소리를 들었는지 불이 켜진 집 안에서 누군가 소리쳤다. 자세히 보니 아까 미꾸라지를 잡던 소년이었다. 이것도 인연인 듯싶어 무사시는 살짝 웃었다.

"하룻밤 재워 주지 않겠니? 날이 밝으면 곧 떠날 테니."

무사시가 말하자 소년은 아까와는 달리 무사시의 얼굴과 모습을 찬찬히 뜯어보더니 순순히 머리를 끄덕였다.

"좋아요."

너무 심했다. 비가 내리면 어떻게 할지, 지붕과 벽에서 빛이 새어 들어왔다. 벽에는 옷을 걸 못도 없었고 판자 바닥에는 거적을 깔았지만 그곳에서도 바람이 들어왔다.

"아저씨, 아까 미꾸라지를 달라고 했었죠? 미꾸라지 좋아해요?"

소년이 앞에 꿇어앉아서 물었다.

"……."

무사시는 대답하는 것도 잊고 소년을 바라보고 있었다.

"뭘 그렇게 봐요?"

"나이는 몇 살이니?"

"예?"

소년은 당황하면서 되물었다.

"내 나이요?"

"응."

"열둘요."

"……."

토민들 중에 이렇게 기백 있는 아이가 있구나, 하고 무사시는 넋을 잃고 빤히 바라보았다.

소년의 얼굴은 때에 절어 물에 씻지 않은 연근처럼 보였고 덥수룩하게 길은 머리에서는 새똥 같은 냄새가 풍겼다. 그러나 듬직한 몸과 지저분한 얼굴 속에서 반짝이며 빛나는 눈만큼은 특별한 데가 있었다.

"조밥이 조금 있어요. 미꾸라지는 이미 아버지를 드렸는데 먹는다면 조금 갖다 줄게요."

"고맙구나."

"따뜻한 물, 마시죠?"

"그래."

"기다리세요."

소년은 판자문을 덜컥 열고 옆방으로 갔다.

땔감을 꺾는 소리와 풍로에 불을 붙이는 소리가 들리더니 이내 집 안이 연기로 가득 찼다. 천장과 벽에 붙어 있던 수많은 곤충이 연기에 쫓겨 밖으로 도망갔다.

"다 됐다."

소년이 음식을 아무렇게나 바닥에 늘어놓았다. 조밥에 검은 된장과 짠 미꾸라지였다.

"잘 먹었다."

무사시가 그렇게 말하며 기뻐하자 다른 사람이 기뻐하는 것을 본 소년도 흡족한 듯했다.

"맛있었어요?"

"고맙다는 인사를 하고 싶은데 이 집 주인은 벌써 주무시니?"

"일어나 있잖아요."

"어디에?"

"여기에."

소년은 손가락으로 자기 얼굴을 가리키며 말했다.

"다른 사람은 아무도 없어요."

직업을 묻자 예전에는 농사를 잠깐 지었는데 아버지가 병을 앓고부터는 농사는 그만두고 자신이 직접 마부 노릇을 하며 돈을 벌고 있다고 했다.

"아, 기름이 떨어졌다. 손님, 이제 잘 거죠?"

등불은 꺼졌지만 달빛이 비치는 집은 아무런 불편함도 없었다. 무사시는 얇은 짚 이불에 목침을 베고 벽에 붙어서 잤다. 가물가물 잠이 들려는데 아직 감기 기운이 가시지 않았는지 계속 땀이 났다. 그때마다 무사시는 꿈속에서 비가 내리는 것 같은 소리를 들었다.

밤새도록 우는 벌레 소리는 어느새 그를 깊은 잠속으로 끌고 들어갔다. 만일 그것이 숫돌에 칼 가는 소리가 아니었더라면 무사시는 깊은 잠에서 깨지 않았을 것이 분명했다.

"엉?"

무사시는 문득 몸을 일으켰다. 판자문 옆에서 무언가를 숫돌에 갖다 대고 잔뜩 힘을 주고 있는 진동이 전해져서 기둥이 가늘게 떨고 있었다.

'무엇을 갈고 있는 거지?'

무사시는 이내 베갯맡에 있는 칼을 잡았다. 그러자 옆방에서 소년이 말했다.

"손님, 아직 안 주무셨어요?"

자신이 일어난 것을 옆방에서 어떻게 알았을까? 무사시는 소년의 민감함에 놀라면서 물었다.

"한밤중에 넌 무얼 하려고 칼을 갈고 있는 게냐?"

그러자 소년은 킬킬 웃으며 대답했다.

"뭐야, 아저씨는 이것 때문에 깜짝 놀라 잠을 못 잔 거예요? 겉은 강해 보이지만 속은 겁쟁이구나."

무사시는 입을 다물었다. 소년의 모습을 한 귀신과 이야기를 하고 있는 것 같은 기분이 들었기 때문이다. 스걱, 스걱, 소년은 다시 숫돌로 일을 하고 있는 듯했다. 숫돌을 돌리는 힘이나 그의 말투나, 무사시는 궁금증이 더해졌다.

무사시가 문틈으로 엿보았더니 그곳은 부엌이었는데 거적을 깐 두 평 정도의 잠자리가 만들어져 있었다. 미닫이창으로 비치는 달빛 아래에서 소년은 숫돌을 고정시켜 놓고 일 척 오륙 촌이나 되는 칼을 들고 열심히 칼날을 갈고 있었다.

"무엇을 베려고 그러니?"

무사시가 문틈으로 묻자 소년은 잠깐 돌아볼 뿐 아무 말도 하지 않고 그저 칼만 갈고 있었다. 이윽고 서슬이 퍼렇게 광택을 내고는 물기를 닦아 무사시 쪽을 보고 물었다.

"아저씨, 이것으로 사람의 몸을 반으로 자를 수 있을까요?"

"글쎄다. 팔 힘에 달려 있겠지."

"팔 힘이라면 나도 있어요."

"대체 무엇을 자르려는 게냐?"

"우리 아버지요."

"뭐라고?"

무사시는 깜짝 놀라 판자문을 열고 소리쳤다.

"이 녀석, 누굴 놀리는 게냐?"

"농담이 아니에요."

"아버지를 자른다고? 네 말이 사실이라면 넌 사람의 자식이 아니다. 이런 들판에서 짐승처럼 자랐더라도 부모가 소중하다는 것쯤은 저절로 알 수 있을 것이다. 짐승에게도 혈육의 본능이 있거늘 너는 아버지를 자르기 위해 칼을 간단 말이냐?"

"하지만 자르지 않으면 가져갈 수 없는 걸요."

"가져가다니 어딜?"

"산에 있는 무덤으로요."

"뭐?"

무사시는 새삼 한쪽 벽 구석을 바라봤다. 아까부터 그곳이 신경이 쓰이긴 했지만 설마 그것이 소년의 아버지의 시신이라고는 꿈에도 상상하지 못했다. 자세히 보니 시신에는 목침이 받쳐져 있었고 더러운 농부의 옷이 덮여져 있었다. 옆에는 밥 한 그릇과 물, 그리고 아까 무사시에게도 준 삶은 미꾸라지가 나무 접시에 담겨 있었다.

죽은 아버지는 생전에 미꾸라지를 좋아했던 듯했다. 소년은 아버지가 죽자 아버지가 가장 좋아했던 음식이 무엇인지 생각해 내고, 가을이 반이나 지난 냇가에서 열심히 미꾸라지를 잡고 있었던 것이 분명했다.

'나는 그런 줄도 모르고 미꾸라지를 나누어 달라고 했구나.'

무사시는 그런 자신이 부끄럽게 여겨졌다. 그와 함께 아버지의 시신을 산에 있는 묘지까지 혼자 힘으론 옮길 수 없어서 시신을 반으로 잘라서 가져가려는 소년의 강단에 혀를 내두르며 한동안 물끄러미 바라보고 있었다.

"아버진 언제 돌아가신 게냐?"

"오늘 아침에요."

"묘지는 멀더냐?"

"반 리쯤 되는 앞산이에요."

"사람을 불러서 절로 모셔 가면 되지 않느냐."

"돈이 없어요."

"내가 보태 주마."

그러자 소년은 머리를 저으며 말했다.

"아버진 남에게 신세지는 것을 싫어했어요. 저도 싫어요. 그러니 필요 없어요."

소년의 한 마디 한 마디에서 기골이 느껴졌다. 소년의 아버지도 그저 평범한 촌부가 아니었을 듯싶었다. 사연이 있는 가문의 후손임에 분명했다. 무사시는 소년의 뜻대로 산에 있는 묘지까지 시신을 옮기는 데 힘을 보탰는데 산 아래까지는 말에 얹어서 가기만 하면 됐다. 그저 험한 산길에서만 무사시가 시신을 등에 지고 올라갔을 뿐이었다. 묘지라고 해도 큰 밤나무 밑에 둥근 자연석이 하나만 덜렁 놓여 있을 뿐 비석도 하나 없는 산이었다.

"할아버지도 할머니도 어머니도 모두 여기 잠들어 있어요."

시신을 묻고 나자 소년은 묘지 앞에 꽃을 놓고 합장했다. 무사시도 함께 명복을 빌었다.

"묘석도 그리 오래 되지 않은 듯한데, 네 조부님 대부터 여기서 살기 시작했느냐?"

"그랬대요."

"그전에는?"

"모가미最上가의 무사였는데 싸움에 패하고 피신할 때, 족보를 비롯해서 전부 불타 버리고 아무것도 남은 게 없대요."

"그 정도 집안이라면 묘석에 조부님의 이름쯤은 새겨 놓아야 할 텐데, 문장이나 연호도 없구나."

"할아버지가 묘에는 아무것도 써서는 안 된다고 말씀하시고 돌아가셨대요. 가모蒲生가나 다다테伊達가에서도 맞이하러 왔었는데, 무사는 두 명의 주군을 섬기지 않는다고 하셨대요. 또 자신의 이름 같은 것을 묘석에 남기면 섬겼던 주군을 부끄럽게 만드는 거라면서, 이미 농부가 되었으니 아무것도 새기지 말라는 말씀을 남기고 돌아가셨다고 해요."

"조부님의 이름을 들은 적이 있느냐?"

"미사와 이오리三澤伊織라고 하시는데 아버지는 농부였기 때문에 그저 산에몬三右衛門이라 했어요."

"네 이름은?"

"산노스케三之助요."

"친척은 있느냐?"

"누님이 있지만 다른 먼 곳으로 갔어요."

"그 후로 만나지 못했고?"

"예."

"내일부터는 무얼 하고 살 생각이냐?"

"그대로 마부를 하면서."

소년은 그렇게 말하더니 무사시에게 물었다.

"아저씨, 아저씨는 무사 수행자이니 일 년 내내 여행을 하며 다니죠? 어디든 좋으니 내 말을 타고 나를 데리고 가 주지 않을래요?"

"……."

무사시는 조금 전부터 희끗희끗 밝아 오는 들녘을 바라보고 있었다. 그리고 비옥한 땅에 사는 사람이 어째서 저렇게 가난하게 사는지를 생각하고 있었다. 오토네大利根 강과 시모우사下總의 밀물이 있고, 반도版

東 평야는 몇 번이나 진펄로 변했고, 후지 산의 화산재가 수천 년간 그것을 메우고 다시 몇 대가 흐르는 동안 갈대와 잡목과 덩굴이 무성해져서 결국 자연의 힘이 인간을 이겼다. 하지만 인간의 힘이 흙과 물과 자연의 힘을 자유로이 이용할 때, 비로소 거기에서 문화가 태어난다.

그런 면에서 반도 평야는 아직 인간이 자연에게 압도되고 정복되어 있음을, 인간의 지혜는 그저 천지의 조화를 바라보고 있는 것에 지나지 않음을 보여 주었다. 해가 떠오르자 근처에 작은 들짐승이 뛰어다니고 새들이 날아다녔다. 아직 개척되지 않은 천지에서는 인간보다 짐승들이 자연의 혜택을 더 많이 받고 보다 더 향유하고 있는 듯이 보였다.

역시 아이는 아이였다. 땅 속에 아버지를 묻고 돌아올 때는 벌써 아버지의 일은 까맣게 잊고 있었다. 아니 잊은 것은 아니겠지만, 들녘의 풀잎에 맺힌 이슬 사이로 떠오르는 태양에 슬픔 따위는 저 멀리 날아가 버린 듯했다.

"예? 아저씨, 안 돼요? 난 지금 당장도 좋아요. 이 말을 타고 어디든지 절 데리고 가지 않을래요?"

산의 묘지에서 내려와 집으로 돌아가는 길, 산노스케는 무사시를 손님으로 대우하며 말에 태우고 자신은 마부가 되어 고삐를 잡고 있었다.

"흐음."

무사시는 고개를 끄덕였지만 대답은 하지 않았다. 그는 마음속으로 소년에게 끌리고 있었다. 하지만 길 위에서 떠돌아다녀야 하는 자신의 신세를 먼저 생각했다. 과연 자신이 이 소년을 행복하게 만들어 줄 수 있을지 스스로에게 물어보고 있었다. 이미 똑같은 선례가 있었다. 조타로는 무사의 소질이 있는 아이였지만 자신은 유랑하는 처지였고 또 여러 사정으로 지금은 헤어진 채 그 행방조차 몰랐다.

'만일 그 때문에 나빠지기라도 한다면.'

무사시는 항상 그것이 자신의 책임이라도 한 듯 가슴이 아팠다. 그러나 그렇게 나쁘게만 생각한다면 결국 인생은 한 발자국도 앞으로 나아갈 수 없을 것이었다. 자신의 한 치 앞도 알 수 없는 일이었다. 하물며 앞으로 한창 커가는 소년의 앞일을 누가 보장할 수 있을 것이며 미리 고민한다고 해서 일이 해결되는 것은 아니었다.

'그저 아이가 가지고 있는 소질을 살릴 수 있도록 좋은 방향으로 이끌어 주는 것이라면.'

그것은 가능하다고 생각했다. 그리고 그걸로 충분하다고 결론을 내렸다.

"예, 아저씨. 안 돼요? 싫어요?"

산노스케는 이렇게 재촉하자 이윽고 무사시가 말했다.

"산노스케, 너는 마부가 되고 싶으냐? 무사가 되고 싶으냐?"

"당연히 무사가 되고 싶죠."

"내 제자가 돼서 나와 함께 어떤 어려운 일도 감수할 수 있겠느냐?"

그러자 산노스케는 대뜸 말고삐를 내던지고 이슬에 젖어 있는 풀 속에 무릎을 꿇고 앉더니 무사시를 향해 두 손을 짚으며 말했다.

"부디 부탁드립니다. 저를 무사로 만들어 주십시오. 그것은 돌아가신 아버지도 평소에 바라시던 일이었는데 아직까지 스승님을 만나지 못했던 것입니다."

무사시는 말에서 내려 주위를 둘러보다가 적당한 나뭇가지 하나를 주워 산노스케에게 준 후 자신도 똑같은 나뭇가지를 주워서 말했다.

"사제가 되느냐 마느냐는 아직 답을 줄 수가 없다. 그것을 들고 내게 덤벼라. 네 실력을 보고나서 무사가 될 수 있는지 없는지 결정하겠다."

"그럼 아저씨를 치면 무사로 만들어 주시는 거예요?"

"나를 칠 수 있겠느냐?"

무사시는 웃음을 머금고 나뭇가지를 잡고 자세를 취했다. 마른 나뭇가지를 잡고 일어선 산노스케가 무사시를 향해 돌진했다. 무사시는 사정을 봐주지 않았다. 산노스케는 몇 번이나 비틀거렸다. 어깨를 맞고 얼굴을 맞고 손등을 맞았다.

'곧 울기 시작하겠지.'

무사시는 이렇게 생각했지만 산노스케는 좀처럼 포기하지 않았다. 결국 나뭇가지가 부러지자 산노스케는 온몸으로 무사시를 향해 덤벼들었다.

"어림없다!"

무사시는 산노스케의 허리끈을 잡고 땅바닥에 내동댕이쳤다.

"제기랄."

산노스케는 벌떡 일어나서 다시 무사시에게 덤벼들었다. 무사시는 그런 산노스케를 다시 붙잡아서 머리 위로 번쩍 들어 올리고는 말했다.

"어떠냐, 항복이냐?"

산노스케는 하늘 위에서 눈이 부신 듯 몸부림치며 소리쳤다.

"싫어요."

"저기 있는 바위에 내던지면 너는 죽을 것이다. 그래도 항복하지 않겠느냐?"

"누가 항복할 줄 알고요."

"고집이 센 놈이군. 넌 이미 지지 않았느냐? 항복이라고 말하거라."

"내가 죽지 않고 산다면 아저씨에게 반드시 이길 수 있으니, 살아 있는 동안에는 절대 항복하지 않아요."

"나를 어떻게 이기려느냐?"

"수행을 해서."

"네가 십 년을 수행하면 나도 십 년을 수행할 것이 아니냐?"

"하지만 아저씨는 나보다 나이가 많으니 나보다 먼저 죽겠죠?"

"으음, 흠."

"그럼 내가 아저씨가 관에 들어 있을 때 칠 수 있고, 그러니 살아만 있으면 내가 이기죠."

"당돌한 녀석."

무사시는 정면에서 한 대 얻어맞은 것처럼 산노스케를 땅바닥으로 내던졌지만 바위가 있는 곳으로는 던지지 않았다. 무사시는 맞은편에서 벌떡 일어선 산노스케의 얼굴을 바라보다 오히려 유쾌한 듯 손뼉을 치며 웃었다.

# 치수와
# 개간

"제자로 삼겠다."

무사시가 그 자리에서 산노스케에게 말했다. 산노스케는 이만저만 기뻐하는 게 아니었다. 두 사람은 일단 집으로 돌아왔다. 산노스케는 내일이면 여기를 떠난다는 생각에 비록 초라한 초가집이었지만 자신까지 삼대가 살아왔던 집 안 구석구석을 둘러보더니 밤이 새도록 조부와 부모님에 대해서 무사시에게 들려주었다.

다음 날 아침, 무사시는 먼저 준비를 마치고 밖으로 나와 있었다.

"이오리, 빨리 나오너라. 가져갈 만한 것은 아무것도 없을 텐데, 혹 있더라도 미련을 두지 말거라."

"예, 지금 나갑니다."

산노스케가 뒤에서 뛰쳐나왔는데 어제 그 모습 그대로였다. 방금 무사시가 산노스케를 '이오리'라고 부른 것은 모가미 가의 가신으로 있던 그의 할아버지의 이름이 미사와 이오리여서 대대로 이오리가라고 불렀다고 들었기 때문이었다.

"너도 내 제자가 되어 무사의 자식으로 돌아왔으니 지금부터 선조의 이름을 그대로 따르는 것이 좋겠다."

무사시는 산노스케가 아직 어린 나이였지만 마음가짐을 새롭게 갖게 하기 위해서 어젯밤부터 그렇게 부르기로 한 것이었다. 그런데 지금 뛰쳐나온 모습을 보니 여느 때처럼 마부의 짚신을 신었고 등에는 조밥 보자기를 짊어지고 엉덩이까지 오는 짧은 덧옷 한 벌을 입고 있어서 아무리 봐도 무사의 자식 같아 보이지 않았다.

"말을 멀리 있는 나무에 끌고 가서 매어 놓아라."

"스승님, 타시지요."

"괜찮으니 저쪽에 매어 놓고 오너라."

"예."

어제까지는 어떤 질문에도 '응' 하고 대답했지만, 오늘 아침부터는 갑자기 '예'로 변했다. 아이는 변하는 데 있어 아무런 주저함도 없었다. 멀리 있는 나무에 말을 맨 이오리가 다시 무사시에게 돌아왔다. 그때까지 무사시는 처마 밑에 서 있었다.

'대체 뭘 보고 계신 거지?'

이오리는 의아했다. 무사시는 그의 머리에 손을 얹고 말했다.

"너는 이 초막에서 태어났다. 너의 굴하지 않는 정신과 기질은 이 초막이 키워 준 것이다."

"예!"

이오리는 머리를 끄덕였다.

"네 할아버지는 두 주인을 섬기지 않는 절개를 지니고 이 초가에 은 둔하셨고, 네 아버지는 그분의 절개를 지키기 위해 젊은 시절 기꺼이 농부가 되어 효를 다하시다 너를 세상에 남기고 돌아가셨다. 하지만 너는 그런 아버지를 보내고 오늘부터는 혼자 서야 한다."

"예."

"위대해져야 한다."

"예, 예."

이오리는 눈을 비볐다.

"삼대에 걸쳐 비와 바람을 막아 준 집에 이별을 고하고 예를 취하거라. 그래, 이젠 미련은 남지 않았을 것이다."

무사시는 그렇게 말하고 집 안으로 들어가서 불을 질렀다. 초막은 순식간에 불길에 휩싸였다. 이오리는 눈물을 머금은 채 바라보고 있었다. 그 눈동자가 너무나 슬퍼 보여 무사시가 잘 타일렀다.

"이대로 두고 가면 나중에는 도둑이나 강도가 들어와 살 것이다. 그래서는 끝까지 충절을 지킨 분의 집이 세상을 어지럽히는 자들에게 이용될 것이기 때문에 불태우는 것이다. 알겠느냐?"

"감사합니다."

초막은 순식간에 커다란 불덩이가 되더니 마침내 열 평도 되지 않는 재로 완전히 변해 버리고 말았다.

"스승님, 그만 가시지요."

이오리가 길을 재촉했다. 그는 과거의 재를 보고도 아무런 감흥도 없는 듯했다.

"아니다. 아직이다."

무사시는 고개를 저었다.

"아직이라니, 아직 할 일이 남았나요?"

이오리가 의아하게 쳐다보자 무사시는 웃으며 말했다.

"이제부터 초막을 다시 짓는 것이다."

"예? 왜요? 방금 전부 불태웠잖아요."

"그건 어제까지 너의 선조들의 초막이었고 오늘부터 짓는 것은 우리 두 사람이 내일부터 살 초막이다."

"그럼, 다시 여기서 사는 건가요?"

"그렇다."

"수행은 떠나지 않고요?"

"이미 나와 있지 않느냐. 나도 너를 가르치기만 하는 것이 아니라 내 자신도 더 수행을 해야만 한다."

"무슨 수행요?"

"뻔하지 않느냐. 검의 수행, 무사의 수행, 그리고 또 마음의 수행이다. 이오리, 저기 있는 도끼를 가지고 오너라."

무사시가 손짓하는 곳으로 가니 풀 속에 도끼와 톱, 농구들이 있었다. 이오리는 커다란 도끼를 들고 무사시의 뒤를 따라 갔다. 밤나무 숲이 보였다. 거기에는 소나무와 삼나무도 있었다. 무사시는 옷을 벗고 도끼를 휘둘러 나무를 자르기 시작했다. 나무의 하얀 파편들이 튀었다.

'도장을 만드는 건가? 이 들판을 도장으로 삼아 수행을 하시려는 건가.'

이오리는 아무리 설명을 해도 무사시의 마음을 온전히 이해하기는 아직 어렸다. 수행을 떠나지 않고 이곳에 그대로 머무는 것이 어쩐지 시시하게 느껴졌다.

쿵 하고 나무가 넘어갔다. 도끼는 계속해서 나무를 베어 쓰러뜨렸다. 힘줄이 불끈 솟은 무사시의 구릿빛 피부에서 검은 땀이 흥건하게 흘러내렸다. 며칠 동안의 타성과 권태, 외로움들이 모두 땀이 되어 흘러내리는 것 같았다. 그는 어제 새벽, 일개 농민으로 생을 마친 이오리 아버지의 묘가 있는 산에서 반도 평야의 미개척지를 바라보며 불현듯 이 같은 일을 생각했던 것이다.

'한동안 검을 놓고 괭이를 들자! 검을 연마하기 위해 참선을 하고, 책을 읽고, 차를 즐기고, 그림을 그리고, 불상을 조각하자.'

괭이를 드는 것도 검의 수행에 도움이 될 것이라고 생각한 것이었다. 게다가 이 광활한 대지 그 자체는 수행을 하는 최고의 도장이 될 것이고 괭이로 개간한 땅은 반드시 몇백 년 후까지 수많은 사람들을 먹여 살리는 근간이 될 것이었다.

본래 무사 수행은 행결을 근간으로 하고 있었다. 불가와 다른 사문沙門처럼 사람들의 보시에 의존해서 배우고 다른 사람의 처마를 빌려서 비바람을 피하는 것을 당연한 일로 여기고 있었다. 그러나 밥 한 끼와 쌀 한 톨, 채소 한 포기의 소중함은 자신이 직접 키워 봐야 비로소 알 수 있을 것이었다. 일을 하지 않는 중의 말이 진정한 구두선口頭禪으로 들리지 않는 것처럼, 보시로 살아가는 무사 수행자가 검만 수련해서는 치국治國의 길에 아무런 도움이 되지 않을 뿐더러 세상과 동떨어져 살아가는 무골밖에 되지 못할 것이라고 무사시는 생각했다.

무사시는 농사에 대해서 알고 있었다. 어릴 적, 어머니와 함께 집 뒤에 있는 밭에 나가 농사를 지은 적이 있었다. 그러나 오늘부터 하는 농사는 하루치 양식을 위해서가 아니었다. 그것은 마음의 양식을 구하는 과정이었다. 또 홍수나 폭풍과 같은 자연의 힘 앞에서 순종하는 마음밖에 없는 농민에게, 자자손손 피골이 상접한 가난을 대물림하며 살아오면서도 여전히 눈을 뜨지 못하는 그들에게, 몸소 자신의 생각을 전달하고자 하는 바람도 있었다.

"이오리, 새끼줄을 가지고 와서 나무들을 묶은 다음 냇가 쪽으로 끌고 가거라."

무사시는 도끼를 놓고 팔꿈치로 이마의 땀을 닦으면서 말했다.

이오리는 새끼줄로 목재를 묶어서 끌었고 무사시는 도끼로 나무껍질을 벗겼다. 밤이 되면 나무조각으로 모닥불을 피우고 불 옆에서 나무를 베고 잤다.

"이오리, 어떠냐? 재미있지 않느냐?"

이오리는 솔직하게 말했다.

"하나도 재미없어요. 농사를 지으려면 스승님의 제자가 되지 않아도 할 수가 있는걸요."

"곧 재미있어질 게다."

가을이 깊어 갔다. 하루가 다르게 벌레 우는 소리가 줄어들고 풀과 나무는 말라 갔다. 이 무렵부터 호덴가하라에는 벌써 두 사람이 살 초막이 완성됐고, 둘은 매일 가래와 괭이를 들고 근처의 땅부터 개간하기 시작했다. 무사시는 땅을 갈기 전에 부근 일대의 지세를 직접 돌아다녔다.

'왜, 자연과 인간은 서로 반목한 채 땅을 나무와 풀에 내맡기고 있는 걸까?'

무사시는 그에 대해 깊이 생각했다.

'물이다.'

제일 먼저 물, 치수治水의 필요성을 느꼈다. 약간 높은 지대에 서서 바라보면 이곳의 거친 들판은 마치 오닌應仁의 난 이후부터 전국 시대에 걸친 인간 세상과 흡사한 모습이었다. 반도 평야에 한 번 큰비가 내리면 사방에 물길이 생겼고 물길은 돌을 품고 제 가고 싶은 곳으로 흘러갔다. 그런데 그런 물길들을 받아들일 본류가 없었다. 날씨가 좋은 날 바라보면 본류가 될 수 있는 폭이 넓은 강가도 있었지만, 그것을 다 받아들일 포용력이 부족했고 원래 제멋대로 생긴 지류들이어서 일정한 질서도 없고 통제도 할 수 없었다. 크고 작은 물길을 하나로 모아서 원하는 곳으로 흐르게 할 방향성을 가지고 있지 못했다.

'쉬운 일이 아닐 것이다.'

무사시는 둘러보고 난 후 깨달았다. 한편으로 그만큼 그는 이 일에 비상한 열정과 흥미를 품게 되었다.

'이것은 정치와 똑같다.'

물과 흙을 상대로 이곳에 비옥한 인간의 땅을 일구려는 치수와 개간이, 인간을 상대로 인문의 꽃을 피우려는 정치 경륜과 조금도 다를 게 없다고 생각했다.

'그래, 우연찮게도 이 일은 내가 이상으로 삼는 목적과 일치한다.'

이때부터였다. 무사시는 검에 어렴풋한 이상을 품기 시작했다. 사람을 베고 이겨서 강하다는 말을 들어 무엇을 할 것인가? 단순히 다른 사람보다 검이 강하다는 것만으로는 아무 소용이 없었다. 무사시는 그것만으로는 부족함을 느꼈다.

일이 년 전부터 그는 남을 이기는 검에서 나아가 검을 도道로 여기고 자기 자신을 이기고 인생에서 이기고자 하는 마음으로 방향을 수정했다. 지금도 여전히 그 길 위에 있었지만, 그럼에도 검을 대하는 그의 마음은 여전히 만족할 수가 없었다.

'진정으로 검이 도라면 검을 통해 깨우친 깨달음으로 사람을 살리지 못할 리가 없다.'

무사시는 살殺의 반대를 생각했다.

'그래, 나는 검을 통해 자신의 인간적 완성뿐 아니라 이 길을 통해서

치민治民을 도모하고 경국經國의 근본을 실현시키자.'

청년의 꿈은 원대하고 자유로웠다. 하지만 지금 무사시의 이상은 역시 단순한 이상에 지나지 않았다. 그 포부를 실행에 옮기기 위해서는 정치적으로 요직에 오르지 않으면 불가능했기 때문이다. 그러나 이 황야의 흙과 물을 상대로 해서 그것을 실현시키는 데는 정치적 지위와 권력은 필요하지 않았다. 무사시는 거기에 열정과 기쁨을 불태웠던 것이다.

무사시 나무뿌리를 파내고 돌멩이를 캐냈다. 또 굴곡진 땅을 평평하게 고르고, 큰 바위는 제방으로 활용하기 위해 나란히 늘어놓았다. 그렇게 매일매일, 무사시와 이오리가 새벽녘부터 별이 뜰 때까지 호덴가하라의 한쪽부터 개간을 하고 있으면 가끔 강가 맞은편에서 지나가던 토착민들이 발길을 멈추고 의아한 듯 물었다.

"뭘 하는 거요?"

"초막을 짓고 저런 데서 살 작정인가?"

"저 애는 죽은 산에몬의 자식 아냐?"

소문이 퍼지자 비웃는 자가 있는가 하면 일부러 찾아와서 친절히 호통을 치는 자도 있었다.

"젊은 무사 양반, 당신이 아무리 그렇게 열심히 땅을 일궈도 허사요. 폭풍우가 한 번 지나가면 그걸로 끝장이니."

무사시와 이오리가 묵묵히 일을 하고 있는 모습을 보고는 친절하게 이야기해 주던 사람은 며칠 후에도 그러고 있는 두 사람을 보고는 다소화가 난 듯 말했다.

"어이, 괜히 힘들게 쓸데없는 곳에 저수지를 만들지 말게."

며칠 후에 다시 와도 여전히 두 사람이 일을 하고 있자 이번에는 정말로 화를 내며 무사시를 바보 취급하며 말했다.

"바보 같으니라고. 이런 수풀이나 강가에 먹을 것이 난다면 우리들이 그리 고생하며 살겠는가."

"흉년도 들 리도 없지."

"그만두시게. 그런 곳을 파헤쳐 봤자 헛수고니."

"생고생만 하는군. 꼬마도 마찬가지구만."

무사시는 팽이로 땅을 일구며 웃기만 했지만 이오리는 가끔씩 발끈해서 무사시에게 말했다.

"스승님, 다들 소용없다고 떠들어 대는데요."

"그냥 내버려 두거라."

"하지만……."

이오리가 돌멩이를 집어 던지려고 하자 무사시는 눈을 부릅뜨고 꾸짖었다.

"이놈, 스승의 말을 안 듣는 놈은 제자가 아니다. 무슨 짓이냐!"

이오리는 스승의 고함 소리에 깜짝 놀라면서도 여전히 돌을 손에 쥔 채 중얼거렸다.

"젠장!"

그러고는 근처에 있는 바위를 향해 던졌다. 이오리는 돌멩이가 불통

을 튀기며 둘로 쪼개져 튕겨 나가자 슬퍼졌는지 괭이를 버리고 홀쩍
홀쩍 울기 시작했다. 무사시는 울고 싶으면 울라는 듯 역시 그대로 내
버려 두었다. 홀쩍이던 이오리는 점점 소리 높여 울더니 마침내는 천
지에 저 혼자뿐인 듯 대성통곡을 하기 시작했다.

아버지의 시체를 두 토막으로 잘라서 산의 묘지에 혼자 묻으러 가려
할 정도로 강단진 마음을 지녔다고 생각했는데 우는 걸 보니 역시 어
린애였다.

"아버지! 어머니! 할아버지! 할머니!"

땅속에 있는 듣지도 못하는 사람들에게 하소연이라도 하는 것처럼
들려 무사시의 가슴도 먹먹해졌다. 두 사람 모두 외롭고 고독했다. 서
럽게 우는 이오리의 울음소리에, 황혼이 내리는 삭막한 들판 위로 차
가운 바람이 불자 초목도 애달픈 듯 몸을 떨기 시작하더니, 후드득 소
리를 내며 비까지 내리기 시작했다.

"비가 온다. 이오리, 한바탕 쏟아부을 듯하구나. 빨리 오너라!"

무사시는 괭이와 가래 등의 농기구를 모아 들고 오두막 쪽으로 뛰기
시작했다. 오두막 속으로 뛰어들었을 때는 이미 비가 천지를 새하얗
게 물들이며 쏟아지고 있었다.

"이오리, 이오리."

뒤에서 따라오는 줄 알았는데 이오리는 옆에도 없었고 처마 끝에도
없었다. 창문 밖으로는 요란한 천둥번개가 구름을 가르며 들판을 향
해 내리치자 눈앞이 먹먹해졌다.

"……."

무사시는 대나무 창틀에 튀어 오르는 빗물을 맞으며 황홀하게 들판을 바라보았다. 이렇게 내리퍼붓는 폭우를 볼 때마다 무사시는 십 년이 다 된 먼 옛날, 칠보사의 천 년 삼나무와 다쿠안의 목소리를 떠올리곤 했다.

오늘의 자신이 있게 된 것은 오직 나무의 은혜라고 생각했다. 그런 자신이 지금은 비록 어린 아이이지만 이오리라는 제자를 두고 있었다. 자신에게 과연 그 나무와 같은 무량광대한 힘이 있는지, 다쿠안과 같은 배짱이 있는지, 옛일을 되돌아보며 자신이 이만큼 성장한 것을 생각하자 부끄러운 마음이 들었다.

하지만 자신은 이오리에게 언제까지나 천 년 삼나무와 같은 존재가 되어 주어야 한다고 생각했다. 다쿠안과 같은 가혹한 자비도 지녀야 한다고 생각했다. 또 그것이 예전의 은인에 대한 자그마한 보답이 아닐까, 라고도 생각했다.

"이오리, 이오리!"

무사시는 억수같이 쏟아지는 밖을 향해 몇 번이나 소리쳤다. 아무 대답이 없었다. 그저 번개와 처마 끝의 낙숫물 소리만 요란스레 들려왔다.

"어떻게 된 거지?"

하지만 밖으로 나갈 엄두가 나지 않았다. 오두막에 틀어박혀 있던 무사시는 얼마 후 비가 다소 잦아들자 밖으로 나와 주위를 둘러보자 얼마나 고집이 센지 이오리는 여전히 일을 하던 곳에서 한발도 움직이지 않고 서 있었다.

'좀 모자란 아이가 아닌가?'

무사시는 이런 의심조차 들었다. 멍하니 입을 벌리고 아까 대성통곡을 하던 얼굴 그대로 흠뻑 젖은 채, 진흙탕이 된 곳에 허수아비처럼 서 있었다. 무사시는 근처의 약간 높은 곳으로 뛰어올라가서 소리쳤다.

"이 바보, 빨리 집으로 들어와. 그렇게 비를 맞으면 몸에 해롭지 않느냐. 우물쭈물하다가는 거기에 강이 생겨서 돌아오지 못할 게다!"

그러자 이오리는 무사시가 어디서 소리치는지 주위를 둘러보더니 히죽 웃으며 외쳤다.

"스승님은 성미가 급하세요. 이 비는 금방 그칠 비예요. 저기 구름이 흩어지고 있잖아요."

그러면서 손가락으로 하늘을 가리켰다.

"……"

무사시는 제자에게 가르침을 받는 것 같아서 입을 다물었다. 그러나 이오리는 단순했다. 무사시처럼 일일이 가르쳐 주거나 하지 않았다.

"어서 오세요, 스승님. 날이 지기까지 아직 일을 꽤 할 수 있어요."

이오리는 그렇게 말하고 다시 일을 하기 시작했다.

# 스승과
# 제자

 

 

사나흘 푸른 하늘이 펼쳐지고 때까치 울음 소리에 이삭이 난 억새풀 뿌리의 흙도 마르기 시작하는가 싶더니, 다시 들녘 끝부터 먹장구름이 몰려오기 시작했다. 반도 평야 일대는 마치 일식이 일어난 것처럼 순식간에 깜깜해졌다. 이오리가 하늘을 쳐다보며 걱정스러운 듯 말했다.

"스승님, 이번엔 정말 큰비가 내릴 것 같아요."

그렇게 말하는 사이에도 먹물 같은 바람이 불어왔다. 둥지로 채 돌아가지 못한 작은 새가 땅에 떨어졌고 나뭇잎들은 모두 금방이라도 날아갈 듯 몸을 떨었다.

"한바탕 쏟아지겠지?"

무사시도 물었다.

"한바탕 쏟아지고 멈출 하늘이 아니에요. 맞다, 전 마을까지 갔다 올

게요. 스승님은 도구를 정리해서 빨리 오두막으로 돌아가시는 게 좋겠어요."

하늘을 보고 말하는 이오리의 예상은 빗나간 적이 없었다. 지금도 무사시에게 그렇게 말하고는 들판을 가로지르는 새처럼 물결치는 초원을 향해 뛰어갔다. 과연 이번에도 이오리의 예언대로 비바람이 아우성치며 쏟아지기 시작했다.

"어딜 간 거지?"

혼자서 집으로 돌아온 무사시는 걱정이 되어서 가끔씩 밖을 내다보았다. 이날의 비바람은 평소와는 달리 무서울 정도로 쏟아졌다. 그리고 한순간 그치는가 싶더니 더 많은 비가 쏟아졌다. 비는 밤이 되도 세상을 집어삼킬 듯 쏟아졌다. 주춧돌 없이 기둥만 땅에 박아서 지은 오두막 지붕은 몇 번이나 날아갈 듯했고, 지붕 안쪽에 간 삼나무 껍질이 우수수 흘러내렸다.

"굉장하군."

이오리는 아직 돌아오지 않았다. 날이 새도 돌아오지 않았다. 어제부터 내리는 폭풍우를 생각하면 이오리가 돌아오는 것은 불가능한 듯 보였다. 평소의 들판은 진흙이 가득 찬 물바다가 되었다. 나무와 풀이 군데군데 섬처럼 떠다니고 있었다. 집은 다행히 다소 높은 지대에 있었기 때문에 물이 들어오지 않았지만 바로 아래는 탁류가 밀려와서 큰 물줄기가 요동치며 흘러가고 있었다.

"혹시?"

무사시는 불현듯 걱정이 됐다. 그 탁류에 휩쓸려 가는 수많은 나무들을 보고는 어젯밤에 돌아오던 이오리가 잘못해서 물에 빠진 것이 아닌가 하는 생각이 들었기 때문이다.

하지만 그때 천지가 물소리로 가득한 폭풍우 속에서 이오리의 목소리가 어딘가에서 들렸다.

"스승님, 스승님!"

무사시는 새의 둥지처럼 보이는 저편의 섬 위에 이오리 비슷한 그림자를 보았다. 아니 분명 이오리인 듯했다. 어디를 갔나 왔는지 그는 소를 타고 돌아온 것이었다. 그리고 무언가를 새끼줄로 둘둘 동여맨 커다란 짐을 뒤에서 끌고 오고 있었다.

"아니?"

무사시가 보고 있는 사이에 이오리는 소를 탁류 속으로 몰고 들어갔다. 탁류의 붉은 물보라와 소용돌이가 이오리와 소를 집어삼켰다. 휩쓸려 가다가 간신히 이쪽 기슭에 닿은 소와 이오리는 몸을 부르르 떨면서 오드막이 있는 곳까지 뛰어 올라왔다.

"이오리! 어딜 갔다 온 게냐!"

무사시는 화가 났지만 한편으로 안도하는 심정으로 소리쳤다.

"어디라뇨? 마을에 가서 음식을 가득 싣고 온 거라고요. 이번 폭풍우는 분명 반년에 걸쳐 내릴 양을 쏟아부을 거라고 생각했거든요. 게다가 폭풍우가 그쳐도 물은 좀처럼 빠지지 않을 것이 뻔하거든요."

무사시는 이오리의 사려 깊음에 놀랐지만 생각해 보니 자신이 우둔한 것이었다. 날씨가 나빠질 징후를 보이면 우선 식량 준비를 하는 것은 들에 사는 사람들의 상식이었다. 이오리는 어릴 때부터 이런 경우를 몇 번이나 경험했음이 분명했다. 그가 가지고 온 음식은 적지 않았다. 이오리는 가마니를 풀고 기름종이를 벗기며 몇 개의 자루를 늘어놓았다.

"이것은 좁쌀, 이것은 팥, 이것은 절인 생선."

그러고는 이오리가 말했다.

"스승님, 이만큼만 있으면 한두 달은 물이 빠지지 않아도 안심이죠?"

무사시의 눈에 눈물이 고였다. 다부진 이오리의 모습에 자신이 부끄러워졌다. 자신은 이곳을 개척해서 농토를 만들겠다고 포부만 컸지 자신이 굶을 생각은 꿈에도 하지 못했는데 이 어린아이 덕분으로 굶주림을 면할 수 있게 된 것이다. 그런데 두 사람을 마치 미친 사람처럼 여기던 마을 사람들이 어째서 음식을 나누어 준 것일까. 자신들조차 이번 홍수로 식량을 걱정해야 할 처지였는데 말이다.

무사시가 그 연유를 묻자 이오리는 별것 아니라는 듯 말했다.

"제 주머니를 맡기고 덕원사德願寺에서 빌려 왔어요."

"덕원사라니?"

무사시가 묻자 이오리는 여기 호텐가하라에서 일 리쯤 앞에 절인데 아버지가 만약 자신이 죽은 후에 혼자서 곤란할 때에는 이 주머니 속에 있는 사금砂金을 조금씩 쓰라고 말한 것을 떠올리고 항상 몸에 지니고 있던 그 주머니를 맡기고 절에서 빌려 왔다고 자랑스러운 얼굴로 대답했다.

"그럼 아버지의 유물이 아니냐?"

"예. 낡은 집은 불태워 버렸으니까 아버지의 유물은 그것과 이 칼밖에 없어요."

이오리는 허리에 찬 칼을 어루만졌다. 그 칼은 무사시도 본 적이 있었는데 명검 축에 속하는 좋은 칼이었다. 무사시가 생각하기에 이오리의 아버지가 유품으로 남겨 준 주머니도 사금뿐 아니라 무언가 유서가 있는 물건인 듯했는데, 그것을 식량 값으로 통째로 맡기고 온 것을 보면 분명 어린아이답지만, 한편으로 대견하게 여겨졌다.

"아버지의 유품은 절대로 다른 사람에게 넘겨서는 안 된다. 머잖아 내가 덕원사에 가서 찾아오겠지만 다시는 그러지 말도록 해라."

"예."

"어젯밤은 그 절에서 잤느냐?"

"스님께서 날이 밝으면 가라고 하셨기 때문에."

"아침밥은?"

"전 아직인데 스승님도 아직 안 드셨죠?"

"그래. 장작은 있느냐?"

"장작은 얼마든지 있어요. 이 마루 밑이 모두 장작이에요."

가마니를 걷고 바닥 아래에 고개를 들이밀어 보니 평소에 땅을 일구면서도 틈틈이 날라 온 나뭇가지나 장작 들이 산더미처럼 쌓여져 있었다. 어린 아이가 어떻게 이런 생활력을 가지고 있을까, 누가 그것을 가르친 것일까, 그것은 분명 자연으로부터 배운 생존법이었다.

조밥을 먹고 나자 이오리는 무사시 앞에 한 권의 책을 가져오더니 공손하게 말했다.

"스승님, 어차피 물이 빠지기 전에는 일을 할 수가 없으니 공부를 가르쳐 주세요.

이날도 하루 종일 밖에서는 폭풍우가 몰아치고 있었다. 이오리가 건넨 책은《논어》한 권이었는데 그것도 절에서 주었다고 했다.

"학문을 하고 싶으냐?"

"네에."

"지금까지 책을 읽은 적이 있느냐?"

"조금요."

"누구에게서 배웠지?"

"돌아가신 아버지께요."

"무엇을?"

"《소학》요."

"좋아하느냐?"

"좋아합니다."

이오리는 지식욕으로 불타고 있었다.

"좋다. 내가 알고 있는 한도 내에서 가르쳐 주마. 내가 모르는 것은 후일 학문이 높은 스승을 찾아 배우면 될 것이다."

폭풍우 속에서 하루 종일 책 읽는 소리와 가르치는 소리가 집 안에서 들렸고 바람에 지붕이 날아가더라도 두 사제는 꼼짝도 하지 않을 듯했다.

다음 날도 비, 또 그 다음 날도 비는 그치지 않았다. 이윽고 비가 몇 자 들판은 호수로 변해 있었다.

"스승님, 오늘도."

이오리가 오히려 기쁜 듯 다시 책을 꺼내려 하자 무사시가 말했다.

"책은 그만 됐다."

"아니, 왜요?"

"저길 봐라."

무사시는 탁류를 가리켰다.

"강물 속 고기가 되면 강이 보이지 않는다. 책에 지나치게 얽매여 책 벌레가 되어 버리면 살아 있는 글도 보지 못하게 되고 오히려 세상일에 어두운 사람이 된다. 그러니 오늘은 마음껏 놀거라. 나도 쉬어야겠다."

"그렇지만, 오늘도 밖에는 나가지 못할 텐데요."

"이렇게……."

무사시는 벌렁 누워서 팔베개를 했다.

"너도 거기 눕거라."

"저도 누워요?"

"앉아 있든지 누워 있든지 네가 좋을 대로 하거라."

"그러고는 뭘 하죠?"

"이야기를 해 주마."

"아, 좋아요."

이오리는 배를 깔고 엎드려서 물고기 꼬리처럼 발을 팔딱팔딱 거렸다.

"무슨 이야기예요?"

"흐음……."

무사시는 소년 시절을 떠올리면서 이오리가 좋아할 만한 전쟁 이야기를 들려줬다. 대개는 《겐페이 성쇠기源平盛衰記》[3] 등에서 읽은 이야기였는데, 겐지源氏의 몰락에서 헤이케平家의 전성기에 이르자 이오리는 우울해했다.

눈이 오는 날, 도키와 고젠常磐御前에게 작별을 고한 구라마鞍馬의 샤나오 요시쓰네遮那王義經가 소조가타니僧正ヶ谷에서 밤마다 덴구天狗에게 검법을 배워서 교토를 탈출하는 대목에 이르러서는 이오리가 벌떡 일어나 앉더니 말했다.

"저는 요시쓰네義經가 좋아요."

그러고는 무사시에게 물었다.

"그런데 스승님, 텐구는 정말 있어요?"

"있을지도 모르지. 아니, 있다. 이 세상에는. 하지만 요시쓰네에게 검법을 가르친 건 텐구가 아니다."

"그럼 누구예요?"

"겐지 가의 잔당이다. 그들은 헤이케平家 세상에서는 공공연히 돌아다닐 수가 없었기 때문에 모두 산이나 들에 숨어서 때를 기다리고 있었다."

---

3 가마쿠라 시대에 지어진 작자 미상의 48권짜리 전쟁소설로,《헤이케 모노가타리平家物語》의 이본 중 하나다.

"제 할아버지처럼요?"

"그래, 네 할아버지는 평생 때를 만나지 못하고 돌아가셨지만, 겐지가의 잔당은 요시쓰네라는 인물을 길러서 때를 얻은 것이다."

"스승님, 저도 할아버지 대신 지금 때를 얻은 거죠? 그렇죠?"

"응, 그렇고말고!"

무사시는 방금 이오리가 한 말이 마음에 들었는지 갑자기 이오리의 목을 끌어당기고는 발과 두 손으로 번쩍 들어올렸다.

"훌륭해져야 한다. 이놈!"

이오리는 갓난아이가 좋아하는 것처럼 간지럼을 타듯 깔깔거리며 위에서 손을 뻗어 무사시의 코를 잡고 좋아했다.

"위험해요, 스승님. 스승님도 소조가타니의 덴구 같아요. 야아! 덴구다, 덴구."


열흘이 지나도 비는 그치지 않았다. 비가 그친 듯하면 들판은 강물이 범람해서 좀처럼 빠지지 않았다. 자연의 힘 앞에 무사시는 그저 순응할 수밖에 없었다.

"선생님, 이젠 나갈 수 있어요."

이오리는 태양 아래로 나가서 아침부터 소리를 지르고 있었다.

이십여 일 만에 농기구를 메고 경지로 나간 두 사람은 망연자실하고 말았다. 두 사람이 애써 일군 땅은 아무런 흔적도 남아 있지 않고 커다란 돌과 자갈만 가득했다. 전에는 없었던 강이 몇 줄기나 생겨 초라한 인간의 힘을 비웃듯 바위와 돌멩이를 안고 유유히 흘러가고 있었다.

"바보! 미친 놈!"

토착민들의 비웃던 웃음소리가 생각났다. 이제야 알 것 같았다. 손을 쓸 엄두도 못 내고 묵묵히 서 있는 무사시를 올려다보면서 이오리가 말했다.

"스승님, 여기는 틀렸어요. 이런 곳은 버리고 다른 데 더 좋은 땅을 찾아요."

무사시는 듣지 않았다.

"아니다. 이 물길을 다른 곳으로 돌리면 여기는 훌륭한 밭이 된다. 처음부터 지세를 살펴 이곳으로 정했으니……."

"하지만 또 큰비가 내리면."

"이번에는 그것을 방지하기 위해 저 언덕부터 돌로 제방을 쌓는 거다."

"큰일이겠군."

"이곳이 바로 도장이라고 생각하거라. 이곳에서 보리이삭이 자라는 걸 보기 전에는 한 발자국도 물러서지 않을 것이다."

물길을 한쪽으로 돌리고 둑을 쌓고 돌을 골라내고 해서 몇 십일 후에는 겨우 열 평 정도의 밭이 만들어졌다. 하지만 비가 한 번 오면 하룻밤 사이에 다시 본래대로 되돌아가고 말았다.

"스승님, 글렀어요. 헛수고만 하는 거예요."

그러나 경지를 다른 곳으로 옮길 생각이 전혀 없었던 무사시는 다시 비 온 뒤의 탁류와 싸우며 이전과 똑같은 일을 계속했다.

겨울이 되자 가끔 큰 눈이 왔고 눈이 녹으면 경지는 다시 탁류에 휩쓸려 황폐해졌다. 해를 넘겨 다음 해 일월, 이월이 돼도 두 사람은 한 마지의 땅도 얻을 수 없었다. 양식이 떨어지면 이오리는 덕원사에 먹을 것을 얻으러 갔다. 하지만 이젠 절에서도 좋은 말을 하지 않는 듯 돌아온 이오리의 얼굴 표정에는 근심이 어려 있었다.

그뿐만이 아니라 요 이삼 일은 무사시도 지치고 말았는지 괭이를 들지 않았다. 아무리 막아도 탁류에 잠겨 버리는 경지에 서서 하루 종일 묵묵히 생각에 잠겼다.

"그래, 맞아!"

갑자기 무사시는 뭔가 대단한 발견이라도 한 것처럼 이오리에게 소리쳤다.

"어리석게도 나는 지금까지 인간의 눈으로 물길을 바꾸고 땅을 일구려고 했다. 그것이 잘못이었다! 물에는 물의 특성이 있고 땅에는 땅의 이치가 있다. 그 특성과 이치를 고려해서 물에 순응하고 땅을 보호하면 되는 것이다."

무사시는 땅을 개간하는 방법을 수정했다. 자연을 정복하려는 태도를 버리고 자연의 섭리에 순응해서 다시 일을 시작했다. 그 후에도 커대한 탁류가 밀려왔지만 경지는 피해를 입지 않았다.

"이것을 정치에도 적용할 수도……."

깨달음을 얻은 무사시는 수첩을 꺼내 자신을 경계하는 글을 적었다.

'세상의 도리를 거스르지 말라.'

# 산사람들

나가오카 사도<sup>長岡佐渡</sup>는 가끔 이 절을 찾아
와 시주를 많이 하는 사람 중 한 명이었다. 그는 명장<sup>名將</sup>으로 널리 알려
진 부젠 고쿠라<sup>豊前小倉</sup>의 성주 호소가와 다다오키<sup>細川忠興</sup>의 가신이었기
때문에 절에 오는 날은 물론이고 연고자의 기일이라든가 공무의 여가
에도 지팡이를 짚고 이곳에 찾았다. 에도에서 칠팔 리 떨어져 있어서
하룻밤 묵고 갈 때도 있었다. 항상 무사 세 명에 젊은 하인 한 명을 데
리고 왔는데 신분을 생각하면 더없이 검소한 편이었다.

"스님."

"예."

"너무 신경 쓰지 마시게. 마음을 써 주는 것은 고맙지만, 절에서 호
사할 생각은 없으니 말일세."

"황송합니다."

"편히 쉬고 개의치 마시게나."

"예, 잘 알겠습니다."

"무례를 용서하시게."

사도는 하얀 귀밑머리에 팔베개를 하고 누웠다. 사도는 에도에 있으면 잠시도 쉴 틈이 없었다. 그는 참배를 구실로 이곳으로 도망쳐 온 것인지도 몰랐다. 노천탕에 들어가서 목욕을 하고 절에서 빚은 술을 한 모금 마신 후 팔베개를 하고 졸면서 개구리 우는 소리를 듣고 있으면 흡사 다른 세상에 와 있는 것처럼 만사를 잊어버렸다.

오늘 밤에도 사도는 절에 묵으면서 멀리서 울어 대는 개구리 소리를 듣고 있었다. 절의 스님이 살짝 술병과 상을 가져갔다. 시종들은 벽에 기대 앉아 주인이 혹시 감기나 들지 않을까 근심스런 얼굴로 지켜보고 있었다.

"아, 기분이 정말 좋군. 이대로 열반에 들 것 같구나."

그가 팔베개를 바꿀 때 무사가 주의를 주었다.

"감기라도 걸리시면 큰일입니다. 밤바람은 한기를 머금고 있으니까요."

"내버려 둬라. 전장에서 단련된 몸, 밤이슬에 재채기를 할 정도는 아니다. 이 어두운 바람 속에는 꽃향기가 가득 묻어 있군. 자네들도 느끼는가?"

"전혀 모르겠습니다."

"코가 꽉 막힌 사내들뿐이군. 하하하."

그의 웃음소리가 너무 컸는지 사방의 개구리 소리가 뚝 멎었다.

"꼬마야, 그런 곳에 서서 손님방을 엿보면 안 된다!"

사도의 웃음소리보다도 훨씬 큰 스님의 목소리가 서원의 옆 마루에서 들렸다.

"뭔가?"

"무슨 일이냐?"

무사들이 벌떡 일어나서 주위를 둘러보았다. 그러자 누군가 작은 발소리를 내며 부엌 쪽으로 도망치는데 꾸짖던 스님이 뒤에 남아 머리를 숙이며 말했다.

"죄송합니다. 이곳 토착민의 고아인데 너그럽게 보아 주시길 바랍니다."

"방 안을 엿보고 있었던가?"

"그렇습니다. 여기서 일 리쯤 떨어진 호덴가하라에 살고 있는 마부의 자식인데, 이전에 할아버지가 무사였다고 자기도 어른이 되기 전에 무사가 되겠다고 입버릇처럼 말하곤 합니다. 그래서 손님과 같은 무사를 보면 부러운 듯 몰래 훔쳐봐서 애를 먹곤 합니다."

방 안에 누워 있던 사도가 그 얘기를 듣고 벌떡 일어났다.

"스님."

"예. 아, 나가오카 님, 시끄러워서 깨셨습니까."

"아니오, 괜찮소. 헌데 무척 재미있는 아이인 듯한데 심심풀이 말상대로 딱 좋은 것 같소. 과자라도 줄 테니까 이리로 데려다 주지 않겠소?"

이오리는 부엌에 와서 한 말이나 들어가는 곡식 주머니 주둥이를 벌리고 소리쳤다.

"할머니, 좁쌀이 다 떨어져서 가지러 왔어요. 좁쌀 좀 주세요."

크고 어두운 부엌에서 절의 할머니가 소리쳤다.

"뭐라고? 이놈은 마치 빌려 준 물건을 받으러 온 것 같구나."

함께 빨래를 거들고 있던 남자도 한 마디 거들었다.

"주지스님이 불쌍하니 주라고 하셔서 주는 것인데, 마치 당연하다는 듯 뻔뻔한 얼굴로 큰소리를 치는구나."

"내가 뻔뻔해요?"

"물건을 얻으러 올 땐 측은한 마음이 들도록 얘기를 해야지."

"난 거지가 아니에요. 스님께 아버지의 유품인 주머니를 맡겼어요. 그 속엔 돈도 들어 있단 말이에요."

"들판에 사는 마부 애비가 얼마나 알량한 돈을 남겼을라고."

"좁쌀, 안 줄 거예요?"

"넌 정말 바보로구나."

"왜요?"

"어디서 뭘 하는지도 모르는 정신 나간 낭인을 위해 죽도록 일만 하고 거기다 먹을 것까지 얻으러 다니니까 말이야."

"무슨 참견이에요?"

"밭도 논도 되지 못할 그런 땅을 마냥 뒤집어엎어서 마을 사람 모두 비웃고 있단다.”

“상관없어요.”

“너도 조금씩 미쳐 가는 것 같구나. 그 낭인은 옛날이야기에 나오는 황금 무덤 이야기를 정말로 믿고 죽을 때까지 파헤칠 테지만, 넌 벌써부터 그런 일을 하기엔 어리지 않느냐?”

“정말 말이 많네. 빨리 좁쌀이나 줘요. 빨리!”

“좁쌀영감이 좁쌀을 달라고 하는구나!”

납자는 신이 나서 놀리며 얼굴을 쑥 내밀며 눈을 뒤집어 보였다. 그때 젖은 수건 같은 것이 납자의 얼굴에 철썩 들러붙었다. 납자는 악, 하고 비명을 지르며 얼굴이 새파래졌다. 커다란 두꺼비였다.

“요, 올챙이 같은 놈!”

납자가 뛰쳐나와서 이오리의 목덜미를 움켜잡았을 때, 안에 묵고 있는 나가오카 사도 님이 소년을 부른다며 스님이 데리러 왔다.

“저 아이가 무슨 실수라도 했느냐?”

걱정스런 얼굴로 나온 주지가 그렇게 물었다.

“아닙니다. 그저 사도 님이 말상대나 하려고 불러오라고 한 것입니다.”

“그렇다면 좋지만.”

주지는 안심했지만 여전히 걱정이 가시지 않았는지 이오리의 손을 잡고 직접 사도에게 갔다.

서원의 옆방에는 벌써 잠자리가 깔려 있었다. 늙은 사도는 드러누우려다가 이오리가 마음에 드는지 주지의 옆에 앉아 있는 것을 보고 물었다.

"몇 살이냐?"

"올해 열셋이 됐습니다."

이오리는 그를 알고 있었다.

"무사가 되고 싶으냐?"

"예."

이오리가 고개를 끄덕였다.

"그럼 내 집에 오너라. 먼저 물 푸는 일부터 시작해서 내 짚신을 들고 따라다닌다면 나중에는 무사로 만들어 주마."

그러자 이오리는 잠자코 고개를 저었다.

"싫지 않을 터인데, 쑥스러운 게로구나. 내일 에도로 데려가마."

사도가 다시 말하자 이오리는 아까 남자가 한 것처럼 아래 눈을 뒤집어 보이며 말했다.

"과자를 주시지 않으면 거짓말쟁이가 돼요. 그만 가야 하니 빨리 주세요."

얼굴이 새파래진 주지가 이오리의 손을 찰싹 때렸다.

"야단치지 마시게."

사도는 주지를 가볍게 나무라며 시종에게 말했다.

"무사는 거짓말을 하지 않는다. 그래, 지금 과자를 주마."

이오리가 과자를 받아서 곧 품에 넣자 사도가 물었다.

"왜 여기서 먹지 않느냐?"

"스승님이 기다리고 계셔서요."

"호, 스승님?"

사도는 이상하다는 표정을 지었다.

이오리는 이젠 볼일이 없다는 듯 대답도 하지 않고 재빨리 밖으로 뛰쳐나왔다. 나가오카 사도가 웃으며 침소로 들어가는 모습을 보고 주지는 몇 번이고 머리를 조아리고 있다가 이윽고 부엌으로 왔다.

"아이는 어디에 있는가?"

"방금 좁쌀을 짊어지고 돌아갔습니다."

귀를 기울이자 캄캄한 밖의 어디에서인가 풀피리 소리가 들려왔다. 이오리는 노래를 모르는 것이 유감이었다. 마부가 노래하는 노래는 풀피리 소리와 어울리지 않았다. 추석이 되면 이 지방에서 춤추며 노래하는 우타가키歌垣[4]에서 전해진 노래도 너무 복잡해서 풀피리로는 불 수가 없었다. 결국 이오리는 가구라神樂의 곡조를 머릿속에 떠올리면서 풀피리를 입술에 대고 불면서 먼 길을 걸어왔다.

"응?"

호덴가하라 근처까지 온 이오리는 풀피리를 침과 함께 뱉어 내더니 슬금슬금 수풀 쪽으로 기어 들어갔다. 두 줄기의 시내가 이곳에서 하나로 합쳐져서 부락 쪽으로 흘러가고 있었다. 흙다리 위에 서너 명의 사내들이 얼굴을 마주 대고 은밀히 이야기를 하고 있었다.

---

4 특정한 날과 장소에 남녀가 한데 모여 음식을 먹으며 노래도 부르고 구애도 하는 일본의 풍습.

"앗, 왔구나!"

이오리는 그들을 본 순간, 재작년 늦가을 밤 무렵의 어떤 일을 떠올렸던 것이다. 이 근처의 어머니들은 아이를 혼낼 때, 흔히 '산신령의 가마에 넣어서 산사람들에게 보내 버린다'라고 말하곤 했다. 이오리도 어린 시절, 그 말을 듣곤 무서워하던 마음이 아직도 가슴속에 또렷이 남아 있었다.

먼 옛날, 이곳 토착민들은 몇 년마다 차례가 돌아오면 그동안 비축해 두었던 오곡에서부터 소중한 딸까지 화장을 시켜서 횃불의 행렬을 짓고서 십여 리나 떨어져 있는 산의 사당에 바치러 갔다고 한다. 하지만 언제부터인가 산신령의 정체가 인간이라는 사실을 알게 된 사람들은 그 일을 게을리 했다.

그런데 전국 시대 이후로 그 산신령 무리들이 산의 사당에 나무 가마를 갖다 놓아도 제물이 오지 않자 멧돼지를 잡는 창과 곰을 잡는 활과 도끼와 같이 토착민들이 보기만 해도 벌벌 떨 만한 무기를 들고 공물을 비축해 놓은 상황을 가늠해서 삼 년이나 이 년을 주기로 직접 마을을 찾아다니게 되었다.

이 부근에는 재작년 가을에 그들이 찾아왔었다. 그때 본 광경은 어린 마음에 무서운 기억으로 남아 있었는데, 지금 흙다리 위의 사람들을 보자 그 일이 이오리의 뇌리를 스치고 지나갔다. 얼마 후, 저편에서 또 한 무리의 사람들이 대오를 이뤄서 달려왔다.

"어이."

흙다리 위에 있는 자가 그들을 불렀다.

"어어이."

들판 쪽에서 대답 소리가 들려왔다. 목소리들은 여기저기서 들려오더니 밤안개 속으로 사라졌다.

"……?"

이오리는 숨을 죽이고 수풀 속에서 그들을 엿보고 있었다. 순식간에 흙다리를 중심으로 사오십 명의 도적들이 새까맣게 몰려들었다. 그들은 무리들마다 얼굴을 맞대고 의논을 하더니 결론을 내렸는지 우두머리 같은 자가 손을 번쩍 들자 병아리처럼 마을을 향해 흩어져서 뛰어갔다.

"큰일이다!"

이오리는 수풀 속에서 목을 내밀고 앞으로 펼쳐질 무서운 광경을 눈에 그려 보았다. 밤안개에 휩싸여 평화롭게 잠들어 있는 마을에서 별안간 닭이 푸드덕거리는 소리가 들리더니 이어서 소와 말이 울부짖는 소리와 노인들과 아이들이 울며 비명을 지르는 소리가 손에 잡힐 듯 들리기 시작했다.

"그래, 덕원사에 묵고 있는 무사님에게……."

이오리는 수풀 속에서 뛰쳐나와 덕원사에 알리기 위해 길을 되짚어 뛰어가려는 순간, 아무도 없는 줄로만 알았던 흙다리 그늘에서 사람 목소리가 들렸다.

"이놈!"

이오리는 깜짝 놀라 도망을 쳤지만 어른의 걸음에는 당해낼 수가 없었다. 얼마 가지도 못해서 거기에서 망을 보고 있던 두 명의 도적에게 덜미가 잡히고 말았다.

"어딜 가느냐?"

"넌 누구냐?"

왕 하고 울음을 터뜨리면 될 것을 이오리는 울 수가 없었다. 자신의 목덜미를 붙잡고 있는 자의 힘 센 팔을 뿌리치려 하자 도적은 한층 의심이 드는 듯했다.

"이놈, 우릴 보고 어디엔가 알리러 가는 길이렷다?"

"저쪽 논두렁에 처박아 버려."

"아니, 이렇게 해 두자."

도적은 이오리를 다리 아래로 내동댕이쳤다. 그리고 바로 뒤따라 내린 도적이 이오리를 다리 기둥에 붙들어 맸다.

"됐다."

두 사람은 위쪽으로 뛰어올랐다. 뎅뎅 하고 절의 종이 울리기 시작했다. 이젠 절에서도 도적의 습격을 알아차린 모양이다. 마을 쪽에서 불길이 치솟았다. 흙다리 아래로 흐르는 물이 핏물처럼 새빨갛게 물들었다. 갓난아이의 울음소리가 들리고 여자의 비명 소리도 들렸다. 그리고 그사이에 이오리의 머리 위로 덜컹덜컹 마차가 지나갔다. 네댓 명의 도적이 수레나 말 등에 도둑질한 물건을 가득 싣고 그곳을 지나가고 있었다.

"이놈들!"

"뭐냐?"

"내 색시를 내놓아라!"

"목숨이 아깝지 않은 모양이구나!"

다리 위에서 토착민과 도적의 싸움이 벌어진 듯 처참한 신음 소리와 발소리가 어지럽게 흩어졌다. 이오리 앞에 피투성이가 된 시체가 하나둘 계속해서 떨어지더니 머리 위에도 피가 흘러내렸다. 시체들은 떠내려가고 아직 숨이 붙어 있는 자는 풀을 붙잡고 기슭으로 기어 올라갔다. 다리 기둥에 묶여 그 광경을 지켜보던 이오리가 소리쳤다.

"나 좀 풀어 줘요. 이 밧줄을 풀어 주면 원수를 갚아 줄게요!"

칼을 맞은 토착민은 기슭으로 기어 올라가더니 수초 한가운데 엎드린 채 움직이지 않았다.

"여기요. 나 좀 풀어 줘요! 마을 사람을 도와줄 테니 이 밧줄 좀 풀어 줘!"

이오리는 혼신의 힘을 다해 소리쳤다. 그래도 쓰러진 자가 여전히 알아차리지 못하자 이오리는 다시 한 번 자신의 힘으로 줄을 끊으려고 발버둥을 쳤지만 줄이 끊어질 리 없었다.

"어이!"

이오리는 몸을 비틀며 발을 힘껏 뻗어서 쓰러져 있는 토착민의 어깨를 걷어찼다. 그제야 정신을 차린 토착민은 진흙과 피로 범벅이 된 얼굴을 쳐들고 이오리의 얼굴을 쳐다보았다.

"빨리 이 줄을 풀어 줘요, 빨리!"

사내가 기어오더니 이오리의 밧줄을 풀어 주고는 그대로 숨이 끊어져 버렸다.

"이놈들 어디 두고 봐라."

이오리는 다리 위를 쳐다보며 입술을 깨물었다. 여기까지 쫓아온 도적들은 다리 위에서 농부들을 모두 살해한 후에 썩은 나무다리 사이에 빠진 바퀴를 끌어내기 위해 애를 쓰고 있었다.

이오리는 물길을 따라 정신없이 달려가서 수심이 얕은 곳을 골라 건너편으로 기어 올라갔다. 이오리는 밭과 논과 집도 없는 호덴가하라 들판을 반 리 정도 바람처럼 내달려 이윽고 무사시와 살고 있는 언덕 위 오두막까지 갔다. 누군가 오두막 옆에 서서 하늘을 바라보고 있었다. 무사시였다.

"스승님!"

"이오리!"

"어서 가 보세요."

"어딜 말이냐?"

"마을에요!"

"저 불길은?"

"산사람들이 쳐들어 왔어요. 재작년에 왔던 놈들이."

"산사람? 산적이냐?"

"사오십 명이나 돼요."

"저 종소리는 그것을 알리고 있는 것이냐?"

"빨리 가서 사람들을 구해 주세요."

"알았다."

무사시는 일단 오두막 안으로 들어가더니 이내 싸울 준비를 하고 나왔다.

"스승님, 저를 따라오세요. 제가 안내할게요."

무사시는 고개를 저었다.

"너는 여기서 기다리고 있거라."

"왜, 왜요?"

"위험하다."

"아니에요."

"오히려 방해가 될 게다."

"하지만 스승님은 마을로 가는 지름길을 모르잖아요."

"저 불길을 보면 알 수 있다. 그러니 여기서 얌전히 기다리고 있거라."

"예."

이오리는 할 수 없이 고개를 끄덕였지만 지금까지 정의감에 불타던 그의 얼굴은 실망감으로 가득했다.

마을은 아직도 불에 타고 있었다. 붉은 불길이 치솟고 있는 마을을 향해 사슴처럼 뛰어가는 무사시의 그림자가 저 멀리 보였다.

# 반격

들판에는 부모와 남편이 죽임을 당하고 아이들까지 잃어버린 여자들이 밧줄에 묶여 끌려가면서 목 놓아 통곡을 하고 있었다.

"시끄럽다!"

"빨리 걸어라!"

도적들은 여자들을 향해 채찍을 휘두르며 고함을 쳤다. 한 사람이 풀썩 쓰러지자 함께 묶여 있던 다른 여자들도 같이 쓰러졌다. 도적들이 밧줄을 잡아끌며 일으켜 세웠다.

"그만 단념해라. 피죽이나 먹고 메마른 땅을 갈며 고생하는 것보단 우리와 살면 앞으로 세상이 얼마나 재미있는지 알 것이다."

"성가시군. 밧줄을 말에 묶어서 끌고 가게 해라!"

말 등에는 마을에서 약탈해 온 재물과 곡식 들이 산처럼 쌓여 있었다. 산적 한 명이 말 한 마리에 여자를 동여맨 밧줄을 묶더니 말의 궁둥이를 찰싹 때렸다. 여자들은 비명을 지르면서 달리는 말에 이끌려 뛰기 시작했다. 땅에 넘어진 여자 한 명이 질질 끌려가며 소리쳤다.

"악, 내 팔. 팔이 빠질 것 같아!"

도적들은 웃음을 터뜨리며 그 뒤를 따라갔다.

"어이, 너무 빠르니 속도를 줄여라."

뒤에서 누군가 이렇게 말하자 말과 여자들도 그 자리에 멈춰 섰다. 하지만 말 궁둥이를 때리고 있던 도적은 아무런 대답을 하지 않았다. 껄껄껄 웃는 소리가 가까이서 들려왔다. 후각에 민감한 그들은 이내 피 냄새를 맡았다.

"누, 누구냐?"

"……"

"거기 누구냐?"

"……"

그림자 하나가 느릿느릿 풀을 밟으며 그들 쪽으로 다가오고 있었는데 그자의 손에 들린 칼에서 아련한 피 냄새가 풍겼다.

"아, 아니?"

앞에 서 있던 자들이 뒷걸음질을 치며 일제히 물러섰다. 무사시는 그사이에 열세 명쯤 되는 적의 수를 가늠하고는 그중에서 제일 강해 보이는 자를 노려보았다. 산적들도 일제히 칼을 뽑았다. 도끼를 가진 자는 옆으로 풀쩍 뛰어 물러섰고 창을 가진 자는 창끝으로 무사시의 옆구리를 노리며 자세를 낮게 잡고 다가갔다.

"목숨 아까운 줄 모르는 놈이구나!"

한 명이 소리쳤다.

"어디서 굴러먹다 온 놈인 줄 모르지만 잘도 우리 편을……."

그 순간이었다.

"으악!"

오른쪽에 있던 도끼를 든 자가 혀를 깨문 듯한 소리를 지르더니 무사시 앞에 고꾸라졌다.

"각오해라!"

무사시는 칼끝을 겨누며 소리쳤다.

"나는 양민의 땅을 지키는 신의 사자다!"

"네 이놈!"

무사시는 몸을 돌려 창끝을 피하고는 칼을 든 도적들을 향해 칼을 겨누며 달려들었다. 도적들이 스스로의 힘을 과대평가하고 또 적이 단한 명이라고 깔볼 때에는 무사시도 고전했다. 그러나 단 한 명의 적이 눈앞에서 자신들의 동료를 하나둘 베어 넘기자 그들을 당황하기 시작했다.

"아니 저럴 수가!"

누군가 잘난 체하며 앞으로 나서며 소리쳤다.

"내가 베어 버리겠다!"

하지만 그자부터 제일 먼저 무사시의 칼에 쓰러지고 말았다. 무사시는 적진에 검을 한번 써 보면 적들의 실력을 대략 알 수 있었다. 무사시의 검법은 다수를 제압하는 것을 특기로 하지는 않았지만 생사를 건 싸움을 통해서 체득한 큰 경험이 있었다. 일대일 시합에서는 체득하지 못하는 것을 다수의 적을 상대로 하며 배울 수 있었기 때문이었다.

그래서 무사시는 무리와 떨어진 곳에서 밧줄로 묶은 여자들을 말에 묶어서 끌고 가던 산적 한 명을 베어 버렸을 때부터, 자신이 차고 있는 칼을 사용하지 않고 적에게 빼앗은 칼을 사용했다. 이런 도적들을 베는 데 자신의 소중한 칼을 더럽히고 싶지 않다는 고답적인 생각 때문이 아니라 좀 더 실전적으로 무기를 쓰는 것이 좋다고 생각했기 때문이었다.

적들은 다양한 무기를 지니고 있었다. 그런 무기와 싸우다 보면 칼날이 상하게 되고 칼이 부러질 염려도 있었다. 또 위기의 순간, 몸에 차고 있는 칼이 없으면 목숨을 잃을 수도 있다. 그런 예는 얼마든지 있기에 무사시는 자신의 칼을 뽑지 않았는데 그것은 어느 경우에도 마찬가지였다. 무사시는 자신도 모르는 사이에 적의 무기를 빼앗아서 적을 베는 재빠른 검술을 터득하고 있었다.

"어디, 두고 보자."

도적들이 도망치기 시작했다. 열 명이 넘던 도적들 중 남은 대여섯 명은 자신들이 왔던 쪽으로 도망을 쳤다. 마을에는 아직 많은 동료들이 남아 있어서 약탈을 하고 있는 중일 터였다. 분명 그들에게 달려가 무리들을 규합해서 권토중래捲土重來를 꾀하려는 속셈이었다.

무사시도 일단 숨을 돌린 후에 뒤로 돌아가서 밧줄에 묶인 채 들판에 쓰러져 있는 여자들을 풀어 주고 서로 보살피도록 하였다. 여자들은 고맙다는 인사를 할 정신도 없었다. 무사시를 올려다보며 벙어리처럼 땅에 손을 짚고 울기만 할 뿐이었다.

"이젠 안심하십시오."

무사시는 일단 여자들을 안심시켰다.

"마을엔 아직 그대들의 부모와 남편, 자식이 남아 있지 않소?"

"예."

그녀들은 고개를 끄덕였다.

"그들도 구해야 할 것이오. 가족과 친지들이 죽으면 그대들 역시 불행할 터이니 말이오."

"예."

"그대들은 자신을 지키고 남은 사람을 구할 수 있는 힘을 가지고 있소. 당신들은 그 힘을 하나로 합치지 못했기 때문에 지금까지 산적들에게 당하기만 한 것이오. 내가 도와 줄 테니 그대들도 칼을 들도록 하시오."

무사시는 도적들이 버리고 간 무기들을 모아 여자들 손에 하나씩 쥐여 주었다.

"그대들은 나를 따라오기만 하면 되오. 내가 말하는 대로 불길과 산적들로부터 부모와 남편과 아이들을 구하려 가는 거요. 신이 도와 줄 테니 무서워할 것은 아무것도 없소."

무사시는 그렇게 말한 후 다리를 건너 마을 쪽으로 향했다.

마을은 불타고 있었지만 집들이 산재해 있어서 불길은 몇 곳에서만 보였다. 무사시가 여자들을 이끌고 마을로 다가가자 근처에 숨어 있던 몇 십 명의 마을 사람들이 차례로 몰려들었다.

"아!"

"여보!"

"살아 있었구려."

그녀들은 가족들의 모습을 보자 서로 껴안고 통곡하더니 무사시를 가리키며 진심으로 고마워하며 도움을 받은 경위를 들려주었다. 마을 사람들은 처음에는 무사시를 이상한 시선으로 쳐다보았다. 왜냐하면 평소에 그들이 호덴가하라의 미친 낭인이라고 비웃던 사람이었기 때문이다. 무사시는 그들에게도 조금 전 여자들에게 했던 대로 똑같이 말했다.

"모두 무기를 드시오. 거기에 있는 몽둥이나 대나무라도 좋소."

어느 한 명도 반대하지 않았다.

"마을에서 약탈을 하고 있는 도적은 모두 몇 명이오?"

"오십 명쯤입니다."

누군가 대답했다.

"모두 몇 채나 있소?"

마을에 집은 칠십 호쯤 된다고 했다. 아직도 대가족의 풍습이 남아 있는 토착민들이어서 한 집에 적어도 열 명 이상의 가족이 있었다. 그렇다면 대략 칠팔 백 명의 사람들이 살고 있을 것이고 그 중에 어린아이와 노약자와 병자를 제외하고도 남녀 오백 명이 있을 터였다. 그런데도 오육십 명의 도적들에게 해마다 곡식을 빼앗기고 젊은 여자와 가축 등을 약탈해 가는데도 어쩔 도리가 없다고 포기하고 있는 이유를 무사시는 도저히 이해할 수 없었다.

그것은 위정자의 탓이기도 하지만 한편으로는 마을 사람들이 스스로를 지키지 못한 탓이기도 했다. 힘이 없는 농민들은 막연히 무력에 대해 절대적인 공포심을 느끼고 있지만 무력의 특성을 알면 무력은 그다지 무서운 것이 아니며 오히려 평화를 위해서는 필요불가결하다는 사실을 알게 될 것이다. 마을의 평화를 위해 무력을 갖춰야 한다는 사실을 깨닫지 못하면 피해가 끊이지 않을 것이었다. 오늘 밤, 무사시는 단순히 도적을 무찌르는 것이 목표가 아니라는 사실을 깨달았다.

"호텐가하라의 낭인님, 아까 도망쳤던 산적들이 다른 패거리들을 전부 이끌고 이쪽으로 오고 있습니다."

한 토착민이 뛰어와서 무사시와 마을 사람들에게 손을 흔들며 알렸다. 마을 사람들은 비록 무기를 들고 있었지만 도적들에 대한 공포심 때문에 이내 겁을 집어먹고 동요하기 시작했다.

"그럴 것이오."

무사시는 우선 그들을 안심시킨 후에 말했다.

"길 양쪽에 숨으시오."

토착민들이 앞 다퉈 나무 뒤편과 밭에 숨자 혼자 남은 무사시가 그들에게 소리쳤다.

"도적들은 나 혼자서 맞서 싸우다가 일단 도망을 칠 것이오."

무사시는 그들이 숨은 좌우를 둘러보며 혼잣말처럼 말했다.

"허나 그대들은 아직 나서지 않아도 좋소. 그런데 나를 쫓아왔던 도적이 반대로 다시 이곳으로 뿔뿔이 흩어져 올 것이오. 그때는 그대들이 일제히 함성을 지르며 불시에 옆에서 튀어나와 그들을 때려잡으시오. 그런 후 다시 숨었다가 나오기를 반복하며 도적들을 한 놈도 남기지 말고 때려잡아야 하오."

그러는 사이에 벌써 저편에서 한 무리의 도적들이 달려오고 있었다. 도적들의 옷차림이나 대오는 마치 원시시대의 군대와도 같았다. 그들에게는 도쿠가와의 세상이나 도요토미의 세상은 보이지 않았다. 산은 그들의 세상이었고 마을은 그들의 굶주림을 한동안 채워 주는 곳에 불과했다.

"앗, 잠깐 멈춰라!"

선두에 섰던 자가 발을 멈추며 뒤의 무리들을 제지했다. 스무 명쯤이었다. 드물게 큰 도끼를 든 자와 녹이 슨 장검을 든 자들이 이글거리는 눈으로 멈춰 섰다.

"저놈이냐?"

그러자 누군가 무사시를 가리키며 소리쳤다.

"맞다. 저놈이다!"

무사시는 약 열 간<sup>間</sup> 쯤 떨어져서 길을 막고 서 있었다. 자신들의 수를 보고도 전혀 아무렇지 않은 듯 가만히 서 있는 무사시를 보자 그들도 다소 당황한 듯 보였다. 하지만 그것도 잠시, 그들 중 세 명이 앞으로 나서며 소리쳤다.

"네놈이냐?"

무사시가 자신들을 노려보자 도적들도 무사시를 노려보며 다시 소리쳤다.

"네놈이냐? 우리를 방해한 놈이!"

"그렇다!"

무사시가 그렇게 말했을 때는 이미 그의 칼이 도적들의 정면을 가르고 있었다. 동요한 도적들의 함성이 들렸을 때에는 적과 아군을 구분할 수가 없었다. 작은 소용돌이가 도적의 무리 속을 가르고 지나가는 것처럼 이미 난전이 시작되었다. 그러나 한쪽은 논이고 다른 한쪽은 가로수 제방으로 된 길이어서 지형이 불리한 것은 도적들 쪽이었다. 무사시에게는 절호의 기회였다. 게다가 도적들은 난폭하기는 했지만 무기는 제각각이었고 훈련도 되어 있지 않았기 때문에 일승사 소나무에서의 결투에 비한다면, 절체절명의 순간이라고 할 수는 없었다.

또한 무사시는 기회를 살펴 물러설 것이라고 미리 계산하고 있었던 탓도 있었다. 요시오카 제자들과의 결투에서는 단 한 발도 물러서리라는 생각을 하지 않았지만 지금은 그와 반대로 그들과 호각으로 싸우려는 생각은 털끝만치도 없었다. 무사시는 그저 병법의 '계책'을 써서 그들을 혼란스럽게 만들고자 하였다.

"앗, 저놈이."

"도망친다!"

"놓치지 마라!"

도적들은 도망치는 무사시를 뒤쫓아 마침내 들판의 한쪽 끝까지 이르렀다. 지리적으로 이곳은 들판이 넓어 조금 전에 있던 좁은 장소보다 무사시에게 불리해 보였지만 무사시는 이쪽저쪽으로 도망치고 뛰어다니며 그들이 한곳에 밀집하지 못하도록 만들다가 갑자기 공세로 전환했다.

"이얏!"

무사시가 칼을 한 번 휘두를 때마다 여기저기서 핏줄기가 솟구쳤다. 무사시는 마치 가만히 서 있는 짚단을 베는 듯했다. 적은 당황한 나머지 반쯤 정신이 나간 상태였고, 무사시는 적을 벨 때마다 점점 무아지경이 되어 갔다. 도적들은 무시무시한 모습과는 달리 와 하고 비명을 지르며 쫓아왔던 길을 향해 도망치기 시작했다.

"온다!"

"왔다!"

길을 사이에 두고 그늘에 숨어 있던 토착민들은 그곳으로 도망쳐 오는 도적의 발소리를 듣자 일제히 들고 일어났다.

"와와!"

"이놈들!"

"이 짐승만도 못한 놈들!"

그들은 죽창, 몽둥이 등 갖가지 무기를 휘두르며 도적들을 둘러싸고 때려죽이더니 다시 소리쳤다.

"숨어라!"

그들은 곧 몸을 숨기고 흩어졌다가 다시 도적들이 도망쳐 오면 또 들고 일어나서 에워싸고 도적들을 한 놈씩 때려눕혔다.

"이놈들 별것도 아니군."

토착민들은 갑자기 힘이 솟는 듯했다. 근처에 쓰러져 있는 도적들 시체를 보고 지금까지 그저 막연히 자신들에게는 없을 줄만 알았던 힘을 발견하게 되었다.

"또 온다."

"혼자다."

"해치워 버려!"

토착민들은 이렇게 벼르고 있었는데 뛰어온 것은 무사시였다.

"아니다. 호텐가하라의 무사님이다."

그들은 장군을 영접하는 병졸들처럼 길 양쪽으로 갈라서서 무사시의 피에 전 모습과 손에 든 피 묻은 칼을 쳐다보았다. 피 묻은 칼은 톱처럼 날이 빠져 있었다. 무사시는 그것을 버리고 떨어져 있는 도적의 창을 주웠다.

"그대들도 도적들이 들고 있는 칼과 창을 주워서 들으시오."

무사시가 말하자 토착민 중 젊은이들은 다투어 무기를 집어 들었다.

"자, 지금부터요. 서로 힘을 합해 마을에서 도적들을 쫓아내고 집과 가족을 찾으러 갑시다."

무사시는 그렇게 격려하며 선두에 서서 뛰어갔다. 이제 두려워하는 토착민은 한 명도 없었다. 여자나 노인이나 아이들까지 무기를 들고 무사시의 뒤를 따라갔다. 마을로 들어가자 오래된 큰 농가가 불타고 있었다. 토착민과 무사시의 그림자, 나무와 길도 모두 불길에 붉게 물들었다. 집을 태운 불이 대나무 숲에 옮겨 붙었는지 불길 속에서 대나무 터지는 소리가 요란했다.

어디선가 갓난아이의 울부짖음이 들렸다. 외양간의 소가 불을 보고 미친 듯 울부짖었다. 그러나 비 오듯 떨어지는 불똥 속에는 적의 그림자는 한 명도 보이지 않았다. 무사시가 갑자기 토착민에게 물었다.

"술 냄새가 나는 곳은 어디인가?"

연기 때문에 술 냄새를 맡지 못하던 그들이 서로 중얼거렸다.

"술독에 술을 저장해 놓은 집은 촌장 집밖에 없지 않나?"

무사시는 도적들이 그곳에서 진을 치고 있을 거라고 생각하고는 사람들에게 계책을 알려 주며 외쳤다.

"나를 따라오시오."

무사시가 앞장섰다. 그때에는 여기저기 흩어졌던 마을 사람들이 거의 백 명이 넘었고, 마루 아래나 덤불 속에 숨어 있던 자들도 모두 나와서 합세했다.

"촌장 집은 저기입니다."

토착민들이 멀리서 손으로 가리켰다. 지금은 형태만 남아 있는 토담에 둘러싸인 마을에서 제일 큰 집이었다. 가까이 가자 술 냄새가 코를

찔렀다.

토착민들이 부근으로 숨어 들어가는 사이에 무사시는 혼자서 토담을 넘어 도적들이 본거지로 삼고 있는 촌장의 집으로 들어갔다.

도적들의 두령과 소두령들은 넓은 봉당 안에서 젊은 여자들을 붙잡아 놓고 술독을 열어 실컷 술을 마시고 있었다.

"당황하지 말거라!"

두령은 무엇인가 화를 내고 있었다.

"기껏 한 놈 때문에 내가 나서야겠느냐? 너희들 손으로 처치하고 오너라."

두령은 방금 그곳으로 와서 변고를 알리는 부하를 그렇게 혼을 내고 있던 참이었다. 그때 두령이 밖에서 나는 이상한 소리를 들은 듯했다. 두령 옆에서 닭고기를 뜯어 먹으며 술을 마시고 있던 다른 도적들도 일제히 일어서며 무기를 잡았다.

"엉, 뭐야?"

그들은 기분 나쁜 비명 소리가 들린 봉당 입구에 온통 정신이 팔려 있었다. 이미 무사시는 그때, 질풍처럼 집 옆으로 뛰어가서 안채 창문을 통해 집 안으로 뛰어 들어가서 도적의 두령 뒤에 섰다.

"네놈이 여기 도적놈들의 두령이냐?"

그가 뒤를 돌아보는 순간, 무사시는 창으로 그의 가슴을 꿰뚫어 버렸다. 두령은 비명을 지르면서도 창을 잡고 일어서려 했다. 그러나 무사시가 창을 놓아 버리자 그는 가슴에 창이 꽂힌 채 봉당으로 굴러 떨어졌다. 이미 무사시의 손에는 덤벼들던 도적에게서 빼앗은 칼이 들려 있었다. 무사시가 그것으로 한 명을 베고 다른 한 명을 찌르자 도둑들은 벌떼처럼 앞 다투어 봉당 밖으로 도망치기 시작했다. 도적들을 향해 칼을 던진 무사시는 다시 시체의 가슴에서 창을 뽑아 들었다.

"게 섰거라!"

무사시는 고함을 지르며 창을 들고 밖으로 뛰어나갔다. 낚싯대로 수면을 내려친 듯 도적들은 양쪽으로 갈라섰다. 하지만 밖은 공간이 넓어 무사시가 창을 자유자재로 휘두를 수 있었다. 무사시는 박달나무 손잡이가 휘어지도록 창을 휘두르고 찌르고 내리쳤다. 도저히 당해낼 수 없다고 생각한 도적들은 토담에 있는 문을 향해서 도망치다가 무기를 든 마을 사람들이 그곳에 진을 치고 있자 담을 넘어 밖으로 굴러 떨어졌다. 도적 대부분은 그곳에서 마을 사람들에게 맞아 죽었고 혹여 도망친 자들이 있다 하더라도 절름발이가 된 자들이 적지 않았다.

마을 사람들은 남녀노소를 막론하고 난생 처음으로 함성을 지르며 미친 듯이 좋아했다. 그러나 잠시 시간이 지난 후에는 가족과 부모 친지들을 부둥켜 안고 눈물을 흘리며 기뻐했다. 그때 누군가 중얼거렸다.

"나중에 복수를 하러 오면 어떻게 한단 말인가?"

토착민들은 다시 동요하기 시작하자 무사시가 말했다.

"이젠 이 마을에는 절대 오지 못할 것이오."

무사시의 말을 들은 사람들은 그제야 가슴이 진정된 듯했다.

"허나 너무 과신하지 마시오. 그대들의 본분은 무기가 아니라 괭이요.

선불리 폭력을 일삼으면 도적들보다 더 무서운 천벌이 내릴 것이오."

"보고 왔느냐?"

덕원사에 묵고 있던 나가오카 사도는 자지 않고 기다리고 있었다. 마을에 난 불이 들과 늪지 저편으로 가깝게 보였지만 지금은 잦아든 듯했다. 두 무사가 돌아와서 사도에게 고했다.

"예, 지금 돌아왔습니다."

"도적은 물러갔느냐? 마을의 피해는 어느 정도이냐?"

"저희들이 뛰어가니 이미 마을 사람들이 자신들의 손으로 도적의 절반을 쳐 죽이고 나머지는 쫓아 버린 듯했습니다."

"정말이냐?"

사도는 이해하지 못하겠다는 표정을 지었다. 만일 그것이 사실이라면 사도는 자신의 주군인 호소가와 가가 백성들을 다스리는 데 있어서 다시 생각해야 점들이 있을 듯하다고 여겨졌다. 어찌됐든 오늘 밤은 너무 늦었고 내일 아침에는 에도로 돌아가야 하기 때문에 그는 잠자리에 들었다.

이날 아침, 사도는 조금 돌아가기는 하지만 어제의 그 마을에 들리기로 하고 말을 그쪽으로 향했다. 덕원사 스님 한 명이 길을 안내했다. 마을에 가까워지자 사도는 두 명의 시종을 돌아보며 의아한 듯 말했다.

"너희들은 어젯밤 무엇을 보고 온 것이냐? 지금 길가에 쓰러져 있는 도적의 시체는 농민들이 벤 것으로 보이지 않지 않느냐?”

마을 사람들은 밤새껏 불탄 집과 시체 들을 치우고 있다가 말을 탄 사도의 모습을 보자 모두 집 안 도망쳤다.

“이건 나를 두려워하고 있는 듯하군. 누가 가서 말을 알아들을 만한 사람을 한 명 데려오너라.”

덕원사 스님이 어디선가 농부 한 명을 데리고 오자 사도는 그에게서 어젯밤의 진상을 들을 수 있었다.

“그랬군.”

그는 머리를 끄덕였다.

“그런데 그 낭인이라는 자는 뭐하는 자더냐?”

사도가 되묻자 농부는 고개를 갸웃거리며 이름은 들은 적이 없다고 했다. 사도가 꼭 이름을 알고 싶다고 하자 스님이 여기저기 돌아다니면서 이름을 알아 가지고 돌아왔다.

“미야모토 무사시라고 하는 자라 합니다.”

“뭐, 무사시?”

사도는 곧 어젯밤의 소년을 생각해 냈다.

“그럼 그 아기가 스승이라고 하던 자로구나.”

“보통 때는 그 아이를 데리고 호덴가하라의 황무지를 개간하며 농부 행세를 하는 좀 특이한 낭인이라고 합니다.”

“그자를 만나보고 싶구나.”

사도는 그렇게 말하다가 번에서 처리해야 할 일들을 떠올리고는 나중에 보기로 마음먹고 말머리를 재촉했다. 그런데 그가 촌장의 집 문 앞까지 왔을 때 그의 눈길을 끄는 것이 있었다. 오늘 아침에 새로 세운 듯한 팻말에 먹물도 채 마르지 않은 글씨로 이렇게 쓰여 있었다.

마을 사람들이 명심해야 할 일.
괭이도 검이고 검도 괭이이니
흙에 있으면서도 난亂을 잊지 말며
난에 처해서도 흙을 잊지 말라.
모든 것은 본분에 맞게 제자리로 돌아가니
늘 세상의 도리에 어긋남이 없도록 하라.

"흐음, 이 글은 누가 쓴 것이냐?"
촌장이 앞으로 나와 땅에 엎드리며 대답했다.
"무사시 님입니다."
"그대들은 이 말의 뜻을 아는가?"
"오늘 아침, 마을 사람들이 모두 모인 가운데 그 뜻을 잘 설명해 주셔서 조금 알고 있습니다."
사도는 스님을 돌아보고 말했다.
"수고했소이다. 그만 돌아가도록 하시오. 그자를 만나지 못한 것이 유감이지만, 다시 올 터이니 그럼."
사도는 그렇게 말하고 말을 재촉해 그곳을 떠났다.

# 사도의
# 탄식

호소가와細川 삼제공三齊公의 본가는 부젠에 있는 고쿠라 성이어서 에도의 저택에 있는 일은 거의 없었다. 에도에는 장자인 다다토시忠利와 그를 보좌하는 노신老臣이 있어서 대개의 일은 그들이 결정하고 처리하였다.

다다토시는 이제 스물을 갓 넘었지만 영민하여서 새로운 장군인 히데타다秀忠를 둘러싸고 있는 천하의 효웅과 호걸 들과 함께 있으면서도 부친의 체면을 떨어뜨리는 일은 절대로 하지 않았다. 오히려 전국시대를 헤쳐 나온 늙은 다이묘들보다 훨씬 뛰어나고 다음 시대에 어울리는 재목으로 부족함이 없었다.

"다다토시 님은?"

나가오카 사도가 다다토시를 찾았지만 그는 서재에도 없고 마장에도 보이지 않았다. 번의 저택 지역은 상당히 넓었지만 정원은 아직 정돈되어 있지 않았다. 한쪽에는 원래부터 숲이 있었고 다른 한쪽에는 벌목을 해서 마장으로 쓰고 있었다.

"다다토시 님은 어디에 계신가?"

사도는 마장 쪽으로 돌아오면서 지나가는 젊은 무사에게 물었다.

"활터에 계십니다."

"활을 쏘고 계시는군."

사도가 숲속 오솔길을 지나 활터 쪽으로 걸어가는데 활을 쏘는 명쾌한 소리가 활터 쪽에서 들렸다.

"오, 사도 님."

누군가 그를 불렀다. 같은 번의 이와마 가쿠베岩間角兵衛였다. 그는 실무가이자 수완이 좋아서 주목을 받고 있는 인물이었다.

"어디 가십니까?"

가쿠베가 다가오며 물었다.

"다다토시 님을 뵈러……."

"다다토시 님은 지금 활 쏘는 연습을 하고 계십니다만."

"잠시 뵐 일이 있소."

사도는 그렇게 말하며 지나치려는데 그가 다시 말했다.

"사도 님, 과히 바쁘시지 않으시면 상의를 드릴 일이 있습니다."

"무슨 일이오?"

"잠시 저기서……."

그는 주의를 둘러보더니 숲 속에 있는 다실로 청했다

"다름이 아니라 다다토시 님과 이야기를 나누실 때, 한 사람 천거해 주셨으면 하는 사람이 있습니다만."

"본가에 봉공하고 싶어 하는 자인가?"

"사도 님께도 이런저런 연고를 통해서 똑같은 청을 넣는 자들도 많을 줄 압니다만, 지금 저희 집에 머물고 있는 사람은 보기 드문 인물이라서 말입니다."

"흠, 인재는 본인도 구하고 있지만 그저 녹을 바라는 자들뿐이라서 말이오."

"그는 그런 사람들과는 질이 다른 인물입니다. 실은 제 아내와 연고도 있는 사람인데 스오周防의 이와쿠니岩國에서 온 후로 이태나 저희 집에 묵고 있습니다만 본가에 꼭 필요한 인물인 듯해서 말입니다."

"이와쿠니라면 깃카와吉川가의 낭인이오?"

"아닙니다. 이와쿠니가와岩國川의 향사 아들인 사사키 고지로라고 하는데 젊은 나이에 도다류富田流의 검법을 가네마키 지사이에게 사사받고, 발도술拔刀術을 깃카와가의 식객인 가타야마 호기노가미 히사야스에게 전수받았지만 그에 만족하지 않고 스스로 간류巖流라는 유파를 세울 정도의 인물입니다."

가쿠베는 사도에게 입이 마르도록 칭찬했다. 누구나 사람을 천거할 때에는 그 정도 칭찬은 하는 법이어서 사도는 그다지 귀담아 듣지 않았다. 오히려 그의 심중에 지난 일 년 반 동안 바쁜 와중에 잊고 있었던 다른 사람이 문득 떠올랐다. 그것은 호덴가하라에서 땅을 개간하고 있는 미야모토 무사시였다. 무사시라는 이름은 그날 이후로 그의 가슴속 깊이 새겨져 있었다.

'그런 인물이야말로 본가가 품어야 할 자이다.'

사도는 은밀히 이렇게 가슴속으로 생각하고 있었던 것이다.

하지만 다시 한 번 호덴가하라에 가서 직접 그의 인물됨을 알아본 후에 호소가와 가에 천거 할 작정이었다. 지금 생각해 보니 그런 생각을 품고 돌아온 덕원사에서의 일이 어느새 일 년 반이 지났다. 공무에 쫓기는 몸이라 그 이래로 덕원사에 참배를 갈 기회가 없었던 것이다.

'무엇을 하고 있을까?'

사도가 이렇게 생각하고 있는데 이와마 가쿠베는 자기 집에 머물고 있는 사사키 고지로를 천거할 수 있도록 그의 도움을 기대하며 고지로의 이력과 인물됨을 이야기하며 동의를 구했다.

"다다토시 님을 뵈면 아무쪼록 사도 님도 한마디 거들어 주시길 부탁드립니다."

가쿠베는 몇 번이고 부탁을 하고는 돌아갔다. 사도도 일단 알았다고 대답을 했지만 그의 가슴속에는 고지로보다 무사시라는 이름이 어쩐지 더 크게 다가왔다.

활터에 가자 젊은 다다토시가 가신들을 상대로 활을 쏘고 있었다. 그가 쏘는 화살은 모두 정확했고 활 소리에도 기품이 있었다. 어느 날 그의 시종이 그에게 간했다.

"앞으로 전쟁에서는 주로 철포가 사용되고 다음이 창이며 칼과 활은 그다지 소용이 없을 것이니 활은 그저 다만 무가의 장식으로 쏘는 법만 배우면 되지 않을까 합니다."

그러자 다다토시는 오히려 시종에게 다음과 같이 반문했다.

"나의 활은 마음을 과녁으로 삼아 쏘는 것이다. 전쟁에 나가서 열 명 스무 명의 무사를 쏘아 맞추기 위해 수련을 하는 것 같이 보이는가?"

호소가와 가의 가신들은 군주인 삼제공三齊公에게 진심으로 복종하고 있지만, 그렇다고 해서 그의 후광에 굴복해서 다다토시를 섬기는 자는 한 명도 없었다. 다다토시를 옆에서 모시고 있는 자들은 삼제공이 위대하건 위대하지 않건 그것은 문제가 되지 않았다. 다다토시를 마음으로부터 군주로 떠받들고 있었던 것이다.

이것은 훨씬 훗날인 만년의 이야기지만, 번의 신하들이 다다토시를 얼마나 진심으로 공경하고 있는지 보여 주는 좋은 일화가 있다. 그것은 호소가와 가가 부젠의 고쿠라 영지에서 구마모토熊本로 옮겨 갔을 때의 일이다. 다다토시는 입성식 때, 구마모토 성의 정문에서 가마를 내려 의관을 입은 채 멍석에 앉아서 오늘부터 성주로서 임하는 구마모토 성을 향해 손을 땅에 짚고 절을 했다고 한다. 그러자 그때, 다다토시가 매고 있던 관의 끈이 성문의 문지방, 즉 문의 문턱에 닿았다고 하여 그 이후부터 다다토시의 가신은 물론이고 대대의 가신들 모두가 아침저녁으로 그 문을 지날 때 절대로 한가운데는 넘어가지 않았다고 한다. 당시 일국의 군주가 '성'에 대해 얼마나 경건한 관념을 지니고 있었는지, 또 가신들이 그 '군주'에 대해서 얼마나 존경하고 우러러보는 마음을 가지고 있었는지, 이 일례로 잘 알 수 있었다.

이미 젊은 시절부터 그런 기품을 지니고 있던 다다토시였으니 그런 군주에게 가신을 천거함에 있어서도 당연히 아무나 천거할 수가 없었다. 나가오카 사도는 활터에 와서 다다토시의 모습을 보자 비로소 이와마 가쿠베와 헤어질 때 무심결에 알았다고 말한 것이 경솔했음을 깨닫고는 후회했다.

젊은 무사들과 함께 활 시합을 하며 땀을 흘리고 있는 호소가와 다다토시는 젊은 무사로밖에 보이지 않을 정도로 자유분방했다. 그는 활터에서 벗어나 잠시 쉬면서 가신들과 이야기를 하며 땀을 닦고 있다가 문득 노신 사도를 발견하고는 말했다.

"할아버지, 그대도 한 번 쏘아 보지 않겠소?"

"저 같은 어른이 어찌 그런 젊은이들과 어울리겠습니까."

사도가 이렇게 농으로 받아넘기자 다다토시가 다시 말했다.

"이거 언제까지 우리를 상투도 올리지 않은 아이들이라며 무시할 셈이오?"

"하지만 제 활 쏘는 힘은 야마자키山崎 전투 때나 니라야마韮山 성을 공격할 때에 대전大殿님도 감탄을 하신 솜씨입니다. 과녁의 어린아이들은 상대가 되지 않을 듯합니다."

"하하하, 사도 님의 자기 자랑이 또 시작됐군."

가신들이 그렇게 말하며 웃자 다다토시도 멋쩍게 웃었지만 이내 진지한 얼굴로 물었다.

"무슨 일이시오?"

사도는 공무에 관한 이야기를 몇 마디 한 후에 물었다.

이와마 가쿠베가 누군가 천거할 인물이 있다고 하는데 그 사람을 보셨는지요."

다다토시도 잊고 있었던 듯 본 적이 없다고 고개를 젓다가 생각난 듯이 말했다.

"그래그래, 사사키 고지로인가 하는 자를 계속해서 천거를 하였는데 아직 보지는 않았소."

"한 번 만나 보심이 어떠신지요? 유능한 인물은 제후들이 앞을 다퉈 높은 녹봉을 주고 데려가고 있으니 말입니다."

"그 정도 인물인지 어떨지."

"아무튼 한 번 만나 보신 후에……."

"사도."

"예."

"가쿠베로부터 청을 받았나 보군?"

다다토시가 쓴웃음을 지었다. 사도는 이 젊은 군주의 영민함을 알고 있었고 자신이 몇 마디 거든다고 해도 결코 그 영민함이 흐려지지 않으리라는 것도 알고 있었기 때문에 그저 한 마디 하고는 웃었다.

"존의尊意."

다다토시는 다시 깍지를 손에 끼고 가신의 손에서 활을 건네받으며 말했다.

"가쿠베가 천거한 사람도 봐야겠지만, 언젠가 그대가 밤에 이야기를 나눌 때 말한 무사시란 인물도 한 번 만나보고 싶군."

"그것을 여태 기억하고 계셨습니까?"

"나는 기억하고 있는데 그대는 잊고 있었단 말인가?"

"아닙니다. 그 후로 덕원사에 참배를 드리러 갈 시간이 없었기 때문에."

"인재 한 사람을 얻기 위해서라면 다른 일은 젖혀 놓고서라도 마다하지 않을 것이오. 그런 말은 사도답지 않소이다."

"황송합니다. 허나 봉공을 청하는 사람도 많고, 천거하는 사람도 많기에 혹시 주군께서도 잊지 않으셨나 하여 말씀만 올리고 그만 이렇게……."

"다른 사람이라면 몰라도 그대가 좋다고 한 인물이라 나도 학수고대하고 있었던 터요."

사도는 황공하여 성에서 집으로 돌아오자 곧바로 말을 준비시킨 후에 시종 하나를 데리고 가쓰시카葛飾의 호덴가하라로 서둘러 떠났다. 오늘 밤 안으로 갔다가 돌아올 생각이었다. 마음이 다급한 사도는 덕원사에도 들르지 않고 곧바로 말을 재촉했다.


사도는 시종 무사인 사토 겐조佐藤源三를 돌아보며 말했다.

"이 근처가 호덴가하라가 아니더냐?"

"저도 그렇게 알고 있습니다만, 이 근처는 보시다시피 푸른 논이 있으니 개간을 하는 곳은 들의 더 안쪽인 것 같습니다."

"그런가?"

덕원사에서 꽤 멀리 지나왔다. 여기에서 더 들어가면 길은 하다치지 常陸路로 접어들게 되었다. 해가 지고 있는 푸른 논에는 백로들이 날아다니고 있었다. 강가나 언덕 아래 군데군데에 마도 심어져 있었고 보리가 바람에 물결치고 있었다.

"아, 주인님."

"왜 그러느냐?"

"저기에 농부들이 많이 있습니다."

"음, 그렇구나."

"물어보는 것이 좋겠습니다."

"기다려라. 무엇을 하는지 땅에 이마를 대고 번갈아 가며 빌고 있는 모양이구나."

"좌우간 가 보시지요."

겐조는 말고삐를 끌고 얕은 여울목을 건너 그곳으로 갔다.

"여보게들!"

겐조가 부르자 그들은 깜짝 놀란 눈을 하고 우왕좌왕했다.

오두막 한 채가 있었고 그 옆에 조그마한 사당이 만들어져 있었는데 그들은 거기에다 절을 하고 있었다. 하루 농사를 끝낸 농부들 오십 명 정도가 그곳에 모여 있었다. 모두가 집으로 돌아가려는 참이었는지 물로 닦은 농기구를 들고 있었다. 그들은 웅성거리는 농부들 사이에서 스님 한 명이 걸어 나왔다.

"아니, 누구신가 했더니 나가오카 사도 님 아니십니까?"

"그대는 작년 봄, 마을에 소동이 났을 때 나를 안내했던 덕원사 스님이 아닌가?"

"그렇습니다. 오늘도 절에 다녀오시는 길이십니까?"

"아니네. 급한 볼일이 있어서 곧장 이리로 왔네. 그런데 그때 여기서 개간을 하던 무사시라는 낭인과 이오리라는 아이는 지금도 있는가?"

"그분은 이젠 여기에 안 계십니다."

"뭐라? 없다고?"

"예, 달포 전쯤에 돌연 어딘가로 떠나셨습니다."

"무슨 사정이라도 있었는가?"

"아닙니다. 다만 그날엔 마을 사람들 모두 일을 쉬고 이렇게 물만 차 있던 황무지가 푸른 논으로 변한 것을 기념하는 잔치를 벌이며 기뻐했습니다. 그런데 다음 날 아침이 되자 무사시 님과 이오리도 오두막에서 떠났는지 모습이 보이지 않았습니다."

스님은 아직도 근처에 무사시 님이 있는 것처럼 생각된다며 그 후의 사정을 상세하게 들려주었다. 도적들을 물리치고 마을의 치안이 공고해지고 평화가 찾아오자 이 지방에서는 어느 누구 하나 무사시의 이름을 함부로 부르는 자가 없었다. 호텐의 낭인님, 혹은 무사시 님이라고 높여 부르며 지금까지 미친놈 취급을 하거나 험담을 하던 사람들도 무사시의 오두막을 찾아와서 자신도 돕게 해 달라고 하였다. 무사시는 누구에게나 평등하게 대했다.

"이곳에 와서 돕고 싶은 사람은 모두 와서 도우시오. 풍요롭게 살고 싶은 사람은 이리로 오시오. 자기만 잘 먹고 잘 살다 죽는 것은 짐승 인들 못 하겠소. 자손을 위해 자신의 힘으로 무언가를 남기고 싶은 사 람은 모두 오시오."

그의 개간지에는 날마다 할 일이 없는 사오십 명의 사람들이 몰려왔 다. 농한기에는 몇 백 명이 찾아와서 마음을 합쳐 황무지를 개간했다.

그 결과, 작년 가을에는 지금까지 홍수가 나던 곳도 막게 되었고 겨 울에는 땅을 일구고 봄에는 모내기를 하고 물을 끌어다 댔으며, 초여 름에는 작지만 새 논에 파릇파릇 이삭이 나고 마와 보리도 한 척 넘게 자랐다. 산적들도 더 이상 오지 않았다. 마을 사람들은 마음을 합쳐 열심히 일을 하기 시작했다. 젊은이들의 부모와 마을 여자들은 무사 시를 신처럼 존경하고 쑥떡과 채소 등 먹을 것이 생기면 오두막으로 가지고 왔다.

"내년에는 논과 밭도 지금의 배가 될 것이고 그 다음 해에는 세 배가 될 것이다."

사람들은 도적을 무찌르고 마을이 평안해진 것에 감사해하는 것과 동시에 황무지 개간에도 굳은 신념을 갖게 되었다.

마을 사람들은 고마움을 표하기 위해 하루 일손을 놓고 오두막에 술 항아리를 들고 와서 무사시와 이오리를 위해 잔치를 열었다. 그때 무 사시가 말했다.

"이건 나의 힘이 아니라 그대들의 힘으로 이룩한 것이오. 나는 그저 그대들의 힘을 이끌어 낸 것에 지나지 않소."

무사시는 그렇게 말하고 잔치에 참석한 덕원사 스님에게 당부했다.

"이제부터는 모두 나와 같은 일개 떠돌이 무사에게 의지해서는 안 됩니다. 언제까지나 지금의 신념과 협동심을 유지하기 위해서는 이것을 마음의 초석으로 하길 바랍니다."

무사시는 보퉁이에서 나무로 깎은 관음상을 꺼내 스님에게 건넸다.

다음 날 아침, 사람들이 오두막에 오니 무사시는 이미 오두막에 없었다. 이오리를 데리고 어디로 간다는 말도 없이 새벽 전에 길을 떠난 듯 행장도 보이지 않았다.

"무사시 님이 안 계신다!"

"어디 다른 곳으로 떠나셨다!"

마을 사람들은 마치 어버이를 잃은 것처럼 그날은 일손을 놓고 하루 종일 무사시에 관한 얘기를 하며 애석해했다. 덕원사의 스님은 무사시가 한 말을 떠올리고는 마을 사람들을 격려했다.

"이러고 있으면 그분이 가슴 아파할 것이오. 논을 일구고 밭을 늘리시오!"

그리고 오두막 옆에 조그만 사당을 만들고 그곳에 무사시가 주고 간 관음상을 모셨다. 마을 사람들은 아침저녁으로 일을 시작하기 전과 일을 마친 후에는 무사시에게 인사를 하듯 반드시 관음상에 절을 하였다.

덕원사 스님의 이야기는 여기서 끝났다. 나가오카 사도는 한동안 아쉬움에 빠져 있었다.

"아아, 내가 늦었구나."

사월 무렵의 밤이 밤안개에 몽롱하게 물들어갔다. 사도는 아쉬움에 젖어 말머리를 돌리며 하염없이 무슨 말인가를 뇌까렸다.

"참으로 어리석었구나. 내 이런 게으름은 주군에 대한 불충과 같으니, 너무 늦었구나. 늦고 말았구나."

# 다시
# 에도로

료고쿠<sup>兩國</sup>라는 지명도 다리가 생기고 난 다음에 붙여졌는데 이 무렵에는 아직 료고쿠 다리도 없었다. 그러나 시모사료<sup>不總領</sup>에서 오는 길과 오슈 가도에서 갈라진 길도 후에 이 다리가 놓인 부근까지 오면 오가와<sup>大川</sup>에 가로막혔다.

나루터에는 관문이라고 해도 좋을 만큼 튼튼한 나무로 만든 문이 있었다. 그곳에는 에도 마치부교<sup>町奉行5</sup>라는 직제가 생기고 난 이후 초대 마치부교였던 아오야마 히다치노스케 타다나리<sup>青山常陸介忠成</sup>의 부하들이 행인들을 일일이 검문하고 있었다.

삼 년 전, 나카야마미치<sup>中山道</sup>를 통해 에도로 들어왔다가 오우<sup>奧羽</sup>로 바로 떠났을 때에는 이곳의 출입 검문은 이 정도까지 엄하지 않았다. 그런데 갑자기 이렇게 엄중해진 이유는 무엇일까, 무사시는 이오리를

---

5 에도 막부가 주요 지역에 설치한 행정 기관으로 행정, 사법, 치안 등의 업무를 맡아 보았다.

데리고 문의 입구에서 줄을 서서 기다리는 동안 생각했다.

　도시가 도시다워지면 필연적으로 인구가 늘어나고 수많은 일들이 일어나기 마련이었다. 제도가 만들어지고 그만큼 제도를 피하는 방법도 교묘해진다. 그리고 문화가 번성하지만 그 이면에는 비참한 생활과 욕망이 뒤엉켜 있었다. 그리고 무엇보다 에도가 도쿠가와가의 장군들 소재지였기 때문에 오사카 쪽에 대한 경계도 날이 갈수록 엄중히 할 필요가 있었다. 오가와를 가운데 두고 봐도 에도와는 무사시가 지난번에 봤던 것에 비해 집들의 지붕이 한층 늘어났고 숲이 눈에 띄게 줄어든 모습이었다. 격세지감이 느껴질 정도였다.

　가죽 옷을 입은 병사 두 명이 무사시를 불러 세우고는 온몸을 이곳저곳을 수색했다. 다른 관인이 옆에서 날카로운 눈을 하고 물었다.

"에도 부府에는 무슨 일이 있어 들어가는가?"

무사시가 이내 대답했다.

"딱히 정처 없고 목적도 없이 떠돌아다니는 수행자입니다."

"정처 없이?"

관인이 다그치듯 다시 물었다.

"수행이라는 목적이 있지 않은가?"

"……."

무사시가 쓴웃음을 짓자 재차 물었다.

"고향은?"

"미마사카 요시노고 미야모토 촌입니다."

"주군은?"

"없습니다."

"허면 노자와 여타의 비용은 누구에게 받고 있는가?"

"가는 곳에서 작은 재주지만 조각을 하거나 그림 등을 그리고 또 사찰에 머물거나 검술을 배우길 원하는 사람에게 가르치며 여행을 하고 있습니다만, 그것도 없을 때에는 길에서 자고 풀뿌리나 나무열매로 끼니를 해결하고 있습니다."

"흐음, 허면 어디서 오는 길인가?"

"미치노쿠니에 반년 남짓, 시모사의 호텐가하라에서 농사를 지으며 이 년 정도 보내다 이리로 오는 길입니다."

"이 아이는?"

"그때 만난 이오리라고 하는 고아인데 열네 살입니다."

"에도에 묵을 곳은 있는가? 묵을 곳이 없거나 연고가 없는 자는 일절 들어갈 수 없네."

끝이 없었다. 뒤에는 많은 사람들이 차례를 기다리고 있었다. 솔직하게 대답하는 것도 어딘지 바보짓 같았고 다른 사람에게도 폐를 끼치는 것 같아 거짓말을 했다.

"있습니다."

"누구인가?"

"야규 다지마노가미 무네노리 님입니다."

"아니, 야규 님?"

관인은 다소 당황한 듯 잠자코 있었다. 무사시는 야규가라고 말한 것이 자신이 생각해도 참 잘한 일인 듯싶었다. 야마토의 야규 세키슈사이와는 면식도 없지만 다쿠안을 통해서 서로 알고는 있는 사이였다. 야규가에 물어보더라도 무사시라는 사람을 알지 못한다고 대답하지는 않을 것이었다.

어쩌면 다쿠안도 에도에 와 있을 것 같기도 했다. 결국 세키슈사이를 만나지도 못하고 그토록 숙원하던 시합도 하지 못했지만, 그의 아들이자 야규류의 적통을 이어받아 히데타다 장군의 사범을 역임하고 있는 다지마노가미 무네요리와는 꼭 한번 만나고 싶었고 시합을 해보고도 싶었다. 평소에 그렇게 생각하고 있는 터라 무사시는 자신도 모르게 관인의 질문에 그렇게 대답을 했던 것이다.

"아, 이거 야규가에 연고가 계신 분이었습니까? 실례했습니다. 요즘 수상쩍은 무사들이 에도 부에 숨어드는 통에 상부에서도 낭인들을 한층 엄중하게 조사하라는 엄명이 내려와서……."

말투와 태도가 달라진 관인은 그저 형식적으로 몇 마디 더 물어보더니 말했다.

"들어가십시오."

뒤따라온 이오리가 투덜거렸다.

"스승님, 왜 무사에게만 저러죠?"

"적의 첩자를 막기 위해서일 게다."

"나 참, 첩자라면 무사 차림을 하고 있을까. 머리가 나쁘군."

"듣겠다."

"방금 나룻배가 떠났어요."

"기다리는 동안 후지 산이나 구경하자꾸나. 이오리, 저기 후지 산이 보인다."

"후지 산은 호덴가하라에서도 보였잖아요."

"여기서 보는 후지 산은 다르다."

"왜요?"

"후지 산은 매일 모습이 바뀐단다."

"똑같은데요, 뭘."

"때와 날씨, 보는 장소와 봄가을, 그리고 보는 사람의 마음에 따라서 다르게 보인단다."

"……."

이오리는 강가에 있는 돌을 주워 물수제비를 뜨면서 놀다가 훌쩍 뛰어오더니 물었다.

"스승님, 이제 야규 님 댁으로 가는 거예요?"

"글쎄, 어떻게 할까?"

"아까 저기서 그렇게 말했잖아요."

"언젠가 한 번은 갈 작정이지만, 그분은 다이묘란다."

"장군 가의 사범이면 대단한 거죠?"

"으응."

"나도 나중에 야규 님처럼 돼야지."

"그런 작은 꿈은 갖지 말거라."

"예? 왜요?"

"후지 산을 보아라."

"후지 산은 될 수가 없잖아요."

"이렇게 돼야지 저렇게 돼야지, 초조해하기보다는 후지 산처럼 아무 말 없이 무엇에도 움직이지 않는 자신이 되어라. 세상에 아첨하지 말고 세상이 우러러보는 사람이 되면 저절로 자신의 가치는 세상 사람들이 정해 줄 것이다."

"나룻배가 왔어요."

남에게 뒤쳐지는 것을 싫어하는 아이들의 천성이 그러한 것처럼 이오리는 무사시를 내버려 두고 제일 먼저 뱃머리로 뛰어올랐다.


넓은 곳과 좁은 곳도 있었다. 강 한복판에는 모래톱도 있었고 유속이 빠른 여울도 보였다. 당시의 스미다隅田 강은 자유분방한 모습이었다. 그리고 료고쿠는 바다에 가까운 만이었는데 파도가 높은 날이면 양쪽 강기슭이 탁류에 잠겨서 평소의 두 배나 더 큰 강으로 변했다.

나룻배의 삿대가 강바닥의 모래를 힘차게 밟으며 앞으로 나아갔다. 하늘이 맑은 날에는 강물도 투명하게 보여서 뱃전에서 물고기의 그림자도 보였다. 시뻘겋게 녹이 슨 투구 장식 등속이 작은 돌맹이 틈으로 그대로 들여다보였다.

"흐음, 이런 태평한 시절이 과연 얼마나 지속될는지?"

배 안에 있는 사람들의 말이었다.

"그야 이대로 끝나지 않을 걸세."

누군가 이렇게 말하자 일행이 그의 말을 받았다.

"언젠가 큰 싸움이 벌어질 게야. 그렇지 않으면 좋겠지만 말이야."

문득 이야기가 뚝 멈춘 듯했다. 그들 중에도 그런 얘기는 하지 않는 게 좋다는 표정으로 강물을 바라보는 자도 있었다. 관인의 귀에 들어가는 것이 무서웠기 때문이었다. 하지만 백성들은 위전의 눈치를 보면서도 그런 이야기를 하는 것을 좋아했다.

"이곳 나루터 관문에서 검문하는 것만 봐도 그렇잖아? 이렇게 출입하는데 검문이 엄해진 것은 얼마 전의 일인데, 가미가타<sup>上方</sup> 쪽에서 첩자들이 끊임없이 숨어들고 있다고 하는군."

"그러고 보니 요즘 다이묘 저택에 도둑이 자주 든다는군. 소문이 나면 창피하니 도둑이 든 다이묘들은 모두 쉬쉬하고 숨기고 있는 모양이야."

"그 역시 분명 첩자의 소행일 게야. 아무리 돈이 궁한 자라도 목숨을 버릴 각오를 하지 않고 다이묘의 저택에 숨어들 수 없을 테니. 단순한 도둑이 아닐 게야."

나룻배에 탄 사람들을 둘러보면 흡사 에도의 축소판 같았다. 톱밥이 묻은 목재상, 가미가타에서 온 싸구려 예인<sup>藝人</sup>, 거들먹거리는 건달, 우물 파는 일을 하는 듯한 한 무리의 노동자와 그들과 시시덕거리는 매춘부, 허무승, 그리고 무사시 같은 낭인들. 배가 닿자 그들은 느릿느릿

줄을 따라 뭍으로 올라갔다.

"여보시오, 낭인!"

무사시의 뒤를 쫓아오는 사내가 있었다. 나룻배 안에 있던 등이 땅딸막한 건달 같은 사내였다.

"물건을 잊어버리지 않았소? 이게 당신 허리춤에서 떨어져서 내가 주워 왔소만."

사내가 낡고 때에 전 붉은 비단주머니를 무사시의 얼굴 앞으로 내밀자 무사시는 고개를 저었다.

"내 물건이 아닙니다. 다른 사람의 것이겠지요."

그때 옆에 있던 누군가 사내의 손에서 그것을 낚아채서 품 안에 넣으며 말했다.

"아, 내 거다."

무사시의 옆에 있으면 키 차이가 너무 나서 잘 보지 않으면 알아차릴 수 없을 만큼 작은 이오리였다. 사내가 화를 냈다.

"이거 웬, 아무리 네 물건이라도 주워 준 사람에게 고맙단 인사도 하지 않고 빼앗아 가는 놈이 어디 있느냐? 절을 세 번 하고 인사를 하면 돌려줄 테니 다시 내놓아라. 그렇지 않으면 강에다 던져 버릴 테다."

사내가 화를 내는 것도 어른스럽지 못했지만, 이오리의 행동도 과히 좋지 않았다. 무사시가 철없는 아이가 한 짓이니 자신을 봐서라도 용서해 달라고 대신 사과하자 사내가 말했다.

"형인지 주인인지는 모르겠지만, 어디 그대의 이름이라도 들어봅

시다."

무사시는 머리를 조금 숙여 보이며 대답했다.

"이름을 댈 만한 자는 못 됩니다만 낭인 미야모토 무사시라고 합니다."

"뭐?"

사내는 눈을 크게 뜨고 한동안 무사시를 바라보더니 이오리에게 한마디 내뱉었다.

"다음부터는 주의하거라!"

사내가 그렇게 말하고 몸을 돌려가려고 하자 갑자기 무사시가 소리쳤다.

"잠깐!"

사내가 움찔하며 대꾸했다.

"무슨 짓이냐?"

사내는 무사시에게 잡혀 있는 허리춤의 칼집을 뿌리치려 하면서 돌아섰다.

"그대의 이름을 대시오."

"내 이름?"

"남의 이름을 듣고 인사도 없이 가는 법이 어디 있소?"

"나는 한가와라에 있는 자로 고모노 주로이다."

"알았다."

무사시가 놓아주자 주로는 그대로 뛰어가며 소리쳤다.

"잘 기억해 두거라."

미야모토 무사시 7_도鞘의 장

이오리는 무사시가 자신의 원수를 갚아 주기라도 한 것처럼 믿음직스러운 시선으로 올려다보며 옆에 바짝 붙어 섰다.

"쌤통이다. 겁쟁이 같으니라고."

무사시는 마을로 걸어가며 이오리를 불렀다.

"이오리."

"예."

"지금까지 들에서 다람쥐와 여우를 이웃해서 살 때는 좋았지만, 여기처럼 많은 사람들이 살고 있는 마을에 오면 예의범절을 지켜야 한다."

"예."

"사람과 사람이 원만히 살아간다면 세상은 극락이겠지만, 인간은 나면서부터 누구나 선한 마음과 악한 마음을 가지고 있다. 그래서 자칫 잘못하면 세상은 지옥이 되기도 하니 악한 마음이 동하지 않도록 사람들에게 예의를 지키고 체면을 중히 해야 한다. 또 나라에서는 법을 만들면 그 속에는 질서라는 것이 생기기 마련이다. 네가 방금 한 철없는 행동은 아주 사소한 일이지만 그런 질서 속에서는 다른 사람을 화내게 만들 수 있으니 조심해야 한다."

"예."

"앞으로 어디를 가게 될지 모르지만 가는 곳의 규율에는 순순히 따르고 사람들에게는 예의 지키며 대해야 한다."

무사시가 그렇게 상세히 타이르자 이오리는 몇 번이나 고개를 끄덕이며 대답했다.

"알았습니다."

이오리는 예의바른 말투로 깍듯이 인사를 하며 물었다.

"스승님, 또 떨어뜨리면 안 되니, 죄송하지만 스승님께서 이걸 맡아 주세요."

이오리는 나룻배에서 잃어버릴 뻔했던 낡은 주머니를 무사시의 손에 건넸다. 그때까지 그다지 눈여겨보지 않았던 무사시는 주머니를 받아 들자 문득 기억이 떠올랐다.

"이건 돌아가신 아버지께 유물로 받은 것이 아니냐?"

"예, 덕원사에 맡겨 두었었는데 올해 주지스님이 아무 말도 하지 않고 돌려주셨습니다. 돈도 처음 그대로 들어 있고요. 혹시 필요할 때는 스승님이 쓰셔도 좋아요."

"고맙구나."

무사시는 별 생각 없이 그렇게 말했지만 이오리는 너무나 기뻤다. 그는 어린 마음에도 자신이 모시고 있는 스승이 얼마나 가난한지 잘 알고 있었고 항상 걱정스러워하고 있었던 것이다.

"그럼 빌리는 걸로 하마."

무사시는 그렇게 말하며 주머니를 품속에 넣었다. 무사시는 걸으면서 이오리는 아직은 아이지만 어려서부터 척박한 땅과 초가집에서 자라 곤궁한 생활을 해 왔기 때문에 저절로 '경제'에 대한 관념이 강하게 몸에 배어 있다고 생각했다. 그에 비해 자신은 '돈'을 경시하고 경제를 도외시하는 단점이 있다는 것을 깨달았다.

'이 아이는 나에게 없는 재능을 가지고 있구나.'

무사시는 같이 지낼수록 이오리의 성격 속에 차츰 모습을 갖춰 가는 총명함을 믿음직스럽게 생각했다. 그것은 자신이나 헤어진 조타로에게도 없는 것이라고 생각했다.

"오늘 밤엔 어디서 묵을까?"

무사시는 목적지가 없었다. 이오리는 신기한 듯 거리를 바라보다가 이윽고 타향에서 친구라도 발견한 것처럼 다소 흥분하며 한 곳을 가리켰다.

"스승님, 말이 많이 있어요. 마을 안에 마시장이 있나 봐요!"

거간꾼들이 모여들자 그들을 상대로 하는 술집이나 여인숙이 우후 죽순으로 생겨났기 때문에 근래에 '거간꾼 거리'라고 불리는 네거리 부근부터 수많은 말들이 늘어서 있었다.

시장에 가까이 가자 쇠파리와 사람들 소리로 떠들썩했다. 간토 사투리와 다른 지방의 사투리들이 한데 얽혀서 무슨 말인지 도통 알아들을 수 없는 소음처럼 들렸는데 그 속에서 시종을 거느린 무가의 무사가 유심히 명마를 찾아다니고 있었다. 세상에 인재가 드물듯 말 중에서도 명마는 귀한 듯했다.

"그만 가자. 나리께 추천할 만한 말은 한 마리도 없구나."

무사가 이렇게 말하며 말들 사이에서 몸을 돌린 순간, 무사시와 정면으로 마주쳤다.

"아아!"

그 무사는 놀란 듯 몸을 뒤로 젖히며 말했다.

"미야모토 님이 아니오?"

무사시도 그를 바라보다가 똑같이 소리쳤다.

"아!"

그는 야마토의 야규의 장莊에서 친히 신음당으로 초대를 해서 하룻밤 검에 관한 담소를 나눈 적이 있는 야규 세키슈사이의 수제자 중 한 명인 기무라 스케구로였다.

"언제 다시 에도에 오셨소이까? 예상치 못한 곳에서 만나게 됐소이다."

스케구로는 무사시의 모습을 보고 그가 여전히 수행을 하고 있다는 것을 알아차린 듯 말했다.

"지금 막 시모사료에서 왔습니다. 야마토의 큰 어른께서도 여전히 건재하신지요?"

"예, 건재하십니다. 허나 아무래도 연세가 있으시니."

스케구로는 그렇게 말하고 다시 말을 이었다.

"한번 다지마노가미 님의 저택에도 걸음을 하시지요. 소개를 하겠소이다. 그리고……."

스케구로는 무사시의 얼굴을 바라보면서 무슨 의미인지 생긋 웃었다.

"귀공께서 잃어버린 아름다운 물건이 저택에 있소이다. 꼭 한 번 찾아오시길 바랍니다."

스케구로는 그렇게 말하고 시종을 데리고 길 건너편 쪽으로 큰 걸음으로 건너갔다.

# 파리
## 떼

조금 전 무사시가 헤매던 거간꾼 거리의
뒷골목은 거의 절반 이상이 지저분한 여인숙이었다. 무사시와 이오리
는 숙박료가 싸기 때문에 이곳에 묵었다. 그들이 묵은 여인숙은 물론이
고 어느 여인숙에도 마구간이 딸려 있었는데 그래서 사람이 묵는 곳이
라기보다는 차라리 말의 숙소라고 하는 편이 더 어울렸다.

"무사님, 바깥쪽 이 층에는 파리가 많은 편이니 방을 옮기시지요."

여인숙에서는 거간꾼이 아닌 손님인 무사시를 어딘지 남다르게 대
하는 듯했다. 어제까지 오두막에서 살던 것과 비교하면 여기는 그래
도 다다미가 깔려 있는 고급이다. 하지만 무사시는 그만 자신도 모르
게 불평하듯 중얼거렸었다.

"파리가 정말 극성이군."

그것이 여인숙 여주인의 귀에 들어간 모양이었다. 무사시와 이오리

는 주인의 호의대로 밖으로 난 이 층으로 옮겼는데 그 방은 서쪽 햇살이 너무나 강했다. 하지만 무사시는 그런 내색을 하지 않고 주인에게 말했다.

"좋소. 여기가 훨씬 좋군."

무사시는 그렇게 말하며 방에 들어가 앉았다. 사람이 사는 환경이란 참으로 이상한 것이었다. 바로 어제까지 생활하던 오두막에서 강렬한 햇볕은 이삭을 여물게 해주고 청명한 내일을 꿈꾸게 하는 더없는 광명이자 희망이었다. 땅에서 일할 때는 땀이 밴 살갗에 들러붙는 파리는 아무렇지 않았다.

"너도 살아 있구나. 나도 살아서 이렇게 일을 하고 있다."

오히려 이렇게 말하고 싶을 만큼 자연 속에서 함께 생명을 지닌 친구로 생각되었는데 큰 강을 하나 건너 이렇게 번성하고 있는 대도시의 일원이 되자 햇살이 뜨겁고 파리가 시끄럽다, 라고 하며 뭔가 맛있는 것을 먹고 싶다는 마음이 들었다.

그런 인간의 변덕은 이오리의 얼굴에도 여실히 엿보였다. 무리도 아닌 것이 바로 옆방에서 거간꾼 일행이 솥에 음식을 끓이면서 떠들썩하게 술을 마시고 있었다. 호텐가하라의 오두막에서는 국수가 먹고 싶으면 초봄에 씨앗을 뿌리고 여름에 꽃이 피는 것을 보고, 가을 햇살에 열매를 말려야만 겨울밤에 빻아 먹을 수 있었지만 여기서는 손뼉만 한 번 치면 금방 국수가 나왔다.

"이오리, 국수를 먹을까?"

"예."

이오리는 침을 꼴깍 삼키며 기쁜 듯 고개를 끄덕였다. 여인숙 여주인을 불러 국수를 말아 줄 수 있느냐고 묻자 다른 손님들도 주문을 했으니 오늘은 만들어 줄 수 있다고 했다. 두 사람은 국수를 만드는 동안 석양이 비치는 창가에 턱을 괴고 길 아래를 내려다보다가 바로 건너편 처마에 걸려 있는 간판을 보았다.

'혼을 가는 곳, 혼아미 문파 즈시노 고스케厨子野耕介'

이오리는 그것을 먼저 발견하고 사뭇 놀란 표정으로 물었다.

"스승님, 저기 혼을 가는 곳이라고 쓰여 있는데 무슨 장사를 하는 집이에요?"

"혼아미 문파라니까 검을 가는 장인일 게다. 검은 무사의 혼이라고 하니까 말이다."

무사시는 그렇게 대답하고는 혼자서 중얼거렸다.

"그래, 내 칼도 한 번 손질을 해야겠구나. 나중에 들러 보자."

그때 장지문 옆방에서 싸움이 벌어진 듯했다. 싸움이라기보다 노름 때문에 무슨 말썽이라도 벌어진 모양이었다. 무사시는 좀처럼 들여오지 않는 국수를 기다리다 지쳐 팔을 베고 꾸벅꾸벅 졸다가 문득 눈을 뜨더니 이오리에게 말했다.

"이오리, 옆방 사람들에게 좀 조용히 해 달라고 하거라."

장지문을 열어서 말하면 됐지만 이오리는 무사시가 누워 있는 모습이 보이기 때문에 일부러 복도로 나가서 옆방으로 갔다.

"아저씨들, 너무 떠들지 말아 주세요. 여기에 제 스승님이 주무시고 계시니까요."

그러자 노름 때문에 언성을 높이던 거간꾼들의 시선이 일제히 이오리에게 쏠렸다.

"꼬마 녀석이 뭐라고?"

이오리는 그들의 무례한 행동에 입을 삐죽 내밀며 말했다.

"파리가 시끄러워서 이 층으로 옮겼는데 아저씨들이 떠들어서 견딜 수가 없잖아요."

"그건 네 말이냐? 아니면 네 주인이라는 자가 그렇게 말하고 오라고 했느냐?"

"스승님이요."

"시켰단 말이지?"

"다른 사람들도 시끄러울 거예요."

"좋다. 너같이 쪼그만 꼬마에게 뭐라고 해도 별 수가 없으니 조금 있다 지치부秩父의 구마고로熊五郎가 직접 말하러 갈 테니 돌아가거라."

그자의 실력이 어느 정도인지는 알 수 없지만 그들 중에는 힘깨나 쓰게 보이는 자가 두세 명이 노려보자 이오리는 황망히 방으로 돌아왔다.

무사시는 팔을 벤 채 눈을 가늘게 뜨고 잠들어 있었다. 어느덧 옷자락에 비치던 석양빛도 어둑어둑해져서 발끝과 장지문 아래에 남아 있는 햇살에 파리 떼가 새까맣게 들러붙어 있었다. 이오리는 무사시를 깨우지 않기 위해 그대로 잠자코 거리를 바라보고 있었다. 하지만 옆방은 여전히 시끄러웠다. 그들은 항의가 들어오자 말다툼은 그친 듯하지만 그 대신 이번에는 예의도 없이 장지문을 살짝 열고서 안을 들여다보거나 폭언을 하거나 비웃고 있었다.

"어디서 굴러먹던 낭인인지 모르지만 에도의 한복판에 굴러들어 와서 더구나 거간꾼들 여인숙에 드러누워 큰소리를 치다니. 시끄러운 게 우리 장기다."

"끌어내 버려."

"뻔뻔하게 일부러 자는 척하는데?"

"무사 따위에게 겁을 집어먹는 거간꾼은 이 간토에는 없다는 걸 누가 알려 주고 오지."

"말로 끝내면 안 되지. 뒷마당으로 끌어내서 말 오줌으로 세수나 시켜."

그러자 지치부의 구마고로라는 사내가 말했다.

"잠깐, 무사 한 놈 가지고 뭘 그리 소란을 떠나. 내가 가서 잘못했다는 글을 받아 오든가 말 오줌으로 얼굴을 씻기든가 결판을 내고 올 테니까 자네들은 술이나 마시며 구경이나 하게."

"그거 재미있겠군."

거간꾼들은 장지문 뒤에서 조용해졌다. 그들의 눈에는 믿음직해 보이는 거간꾼 구마고로가 허리끈을 고쳐 매고 장지문을 열고 눈을 치켜뜨고 무릎걸음으로 넘어왔다.

"이거, 실례하겠소."

무사시와 이오리 사이에는 주문한 국수 그릇이 이미 와 있었다. 커다란 쟁반에 여섯 개의 국수 뭉치가 가지런히 놓여 있었고 무사시는 그중 한 뭉치를 젓가락으로 풀려던 참이었다.

"스승님, 왔어요."

이오리는 깜짝 놀라며 물러앉았다. 구마고로는 그 뒤에 책상다리를 하고 앉아서 양쪽의 팔꿈치를 무릎에 대고 험상 굳은 얼굴을 그 위에 얹고 말했다.

"어이 낭인, 먹는 건 뒤로 미루는 게 어떤가? 가슴이 턱 하고 막힐 텐데 짐짓 아무렇지 않은 듯 억지로 먹으면 체하지 않겠나."

무사시는 아무 소리도 들리지 않는지 웃으면서 젓가락으로 두 번째 국수를 풀어서 후루룩 마시고 있었다. 그러자 구마고로가 핏대를 올리며 갑자기 고함을 쳤다.

"멈춰라."

무사시는 젓가락과 그릇을 든 채 물었다.

"당신은 누구시오?"

"거간꾼 거리에 와서 내 이름을 모르는 자는 장님이 아니면 귀머거리와 같다."

"내 귀가 좀 먹었으니 큰 소리로 말하시오. 누구시오?"

"간토의 거간꾼, 지치부의 구마고로라고 하면 울던 아이도 울음을 그치는 분이시다."

"하하하, 말장수로군."

"무사를 상대로 말을 다루는 사람이니 어디 인사나 한번 하거라."

"무슨 인사말이오?"

"방금 저 꼬마를 보내서 시끄럽다며 건방을 떨었는데 여긴 거간꾼들 거리이다. 다이묘가 묵는 여인숙이 아닌 거간꾼이 묵는 숙소이다."

"알고 있소."

"알고 있으면서 우리가 노름을 하는 곳에 와서 어찌 시비를 걸었느냐? 모두 기분이 상해서 저렇게 네 인사를 기다리고 있다."

"인사라니?"

"허튼소리 말고 거간꾼 구마고로 님과 다른 분들 앞으로 사죄장을 쓰든가 그렇게 못 하겠다면 너를 뒤편으로 끌고 나가서 말 오줌으로 세수를 시켜 주마."

"그거 재미있겠군."

"뭐라고?"

"아니, 자네들 동료가 하는 말이 참으로 재미있다고 말하는 것이오."

"헛소리를 들으러 온 것이 아니다. 어느 쪽인지 빨리 답하거라."

구마고로는 대낮에 마신 술의 취기가 올라온 얼굴로 소리쳤다. 이마의 맺힌 땀방울이 저녁 햇빛에 반짝여서 보는 사람의 눈에도 괴로워 보였다. 구마고로는 그것으로는 위협이 부족했다고 생각했는지 털이 수북하게 난 가슴을 내보이며 말했다.

"대답에 따라서는 그냥 물러나지 않을 테다. 자, 어느 쪽인지 빨리 말하거라!"

그는 복대에서 꺼낸 단도를 국수 그릇 앞으로 내밀며 책상다리를 고쳐 앉았다.

"흐음, 어느 쪽을 고르면 좋겠는가?"

무사시는 웃으면서 이렇게 묻더니 국수 그릇에 묻은 먼지라도 없애는지 젓가락으로 무언가를 집어서 창밖으로 집어 던지고 있었다.

"……."

구마고로는 상대방이 자신을 전혀 개의치 않는 듯하자 핏대를 올리며 두 눈을 부릅떴다. 그러나 무사시는 여전히 젓가락으로 국수 그릇에서 무엇인가를 집어내고 있었다.

"……?"

문득 무사시의 젓가락 끝을 본 구마고로는 부릅떴던 눈이 한층 커지더니 숨도 제대로 쉬지 못하고 그만 아연실색하고 말았다. 메밀국수 위에 들러붙어 있는 검은 것은 수많은 파리 떼였다. 무사시의 젓가락이 움직이면 파리는 도망치지도 못하고 그대로 젓가락에 사로잡히고 말았다.

"끝이 없구나. 이오리, 이 젓가락을 씻어 오너라."

이오리가 젓가락을 들고 밖으로 나가는 사이에 구마고로는 옆방으로 도망쳐 버렸다. 한동안 저희들끼리 소곤거리던 거간꾼들은 방을 바꾼 듯 장지문 건너편에서 사람의 기척도 들리지 않았다.

"이오리, 이젠 조용하구나."

두 사람이 웃으며 국수를 다 먹을 무렵, 석양도 지고 칼을 가는 집의 지붕 위로 가느다란 저녁달이 떠올랐다.

"어디 앞집에 칼을 부탁하러 가 볼까."

그동안 거칠게 다뤄서 군데군데 날도 상한 검을 들고 무사시가 일어서서 나갔을 때, 거무스름한 사다리 아래층에서 여주인이 한 통의 편지를 내밀었다.

"손님, 어떤 무사가 편지를 놓고 갔습니다."

편지의 뒤편에 스케助라는 한 자만 적혀 있었다.

"이 편지를 누가 가지고 왔소?"

무사시가 묻자 여주인은 편지를 가지고 온 사람은 벌써 돌아갔다고 했다.

무사시는 계단 중간에 선 채 편지를 뜯었다. '스케'란 글자는 오늘 마시馬市에서 본 기무라 스케구로였다.

오늘 아침 만난 것을 주군께 여쭈었더니, 만나고 싶은 사내라고 하시
며 언제쯤 오시겠느냐고 물으셔서, 이렇게 편지를 보냅니다.

"아주머니, 여기 붓을 좀 빌릴 수 있겠소?"

"이것으로 괜찮으신지요?"

"좋소."

무사시는 입구 옆에 기대서 스케구로가 보낸 편지 뒷면에 답장을

썼다.

무사 수행자에게 무슨 일이 있겠습니까. 그저 다지마노가미 님께서
시합에 응해 주신다면 언제든 찾아뵙겠습니다.

마사나政名

마사나政名란 무사시가 자신의 이름을 댈 때 붙이는 명칭이었다. 무사
시는 그렇게 쓰고 나서 편지를 접고는 겉봉에 '야규 님 댁의 스케 님'
이라고 수신자를 썼다. 그리고 계단 위를 바라보며 이오리를 불렀다.
"이오리."
"예."
"심부름 좀 다녀오너라."
"어디에 말씀입니까?"
"야규 다지마노가미 님 댁이다."
"예."
"어디인지는 알고 있느냐?"
"물으면서 가겠습니다."
"흠, 똑똑하구나."
무사시는 이오리의 머리를 쓰다듬으며 말했다.
"길을 잃지 말고 잘 갔다 오너라."
"예."

이오리는 곧장 짚신을 신었다. 여주인은 둘의 말을 듣더니 야규 님 댁은 누구나 알고 있으니 물어보면 되겠지만, 이 큰 길을 나가서 곧장 가다가 니혼바시日本橋를 건너 강을 따라 왼쪽으로 가다가 고비키초木挽町가 어딘지 물으면 된다고 친절하게 알려 주었다.

"예, 알았어요."

이오리는 밖으로 나가는 것이 기뻤다. 더구나 심부름을 가는 곳이 야규 님 댁이라고 하니 왠지 으쓱한 기분이 들었다. 무사시도 짚신을 신고 길가로 나왔다. 그리고 이오리가 거간꾼 숙소와 대장간의 네거리 모퉁이에서 왼편으로 꺾어지는 모습을 지켜보았다.

'너무 똑똑해서 걱정이군.'

무사시는 이렇게 생각하면서 여인숙 맞은편에 있는 '혼 수련소' 간판이 있는 가게 안을 들여다보았다.

가게는 창도 없었고 물건들도 전혀 보이지 않았다. 안으로 들어가자 안쪽의 작업장에서 부엌까지 이어져 있는 듯한 토방이었다. 오른쪽에는 다다미 여섯 장 정도 크기의 마룻귀틀이 한 단 높게 깔려 있었는데 그곳이 가게인 듯했다. 가게와 안쪽과의 경계에는 금줄이 쳐져 있었다.

"실례합니다."

무사시는 토방에 서서 주인을 불렀다.

한 사내가 아무것도 걸려 있지 않는 벽 아래에 있는 칼 상자에 턱을 괴고 그림 속 장자莊子처럼 졸고 있었다. 그가 바로 이 가게의 주인인 즈시노 고스케인 듯했다. 마르고 푸르스름한 얼굴을 봐서는 칼을 가는 장인다운 날카로움은 엿보이지 않았다. 머리에서 턱까지 얼굴이 굉장히 길었다. 게다가 침을 질질 흘리고 있었는데 언제 깰지 도무지 가늠하기 어려울 정도였다.

"실례합니다."

무사시는 목소리를 조금 높여서 다시 한 번 불렀다.

# 검담

그제야 무사시의 목소리가 들렸는지 즈시노 고스케는 백 년 동안의 잠에서 이제 막 깨어난 듯 천천히 얼굴을 들었다.

"으응?"

무사시 모습을 끔뻑끔뻑 쳐다보던 고스케는 이윽고 자신이 졸고 있는 사이에 손님이 와서 몇 번이나 자신을 깨운 것을 깨달은 듯했다.

"어서 오십시오."

그는 손으로 침을 문지르며 자세를 바로 하더니 물었다.

"무슨 일입니까?"

한없이 태평한 사내였다. 간판에는 '혼을 가는 곳'이라고 당당히 써 놓았지만 이런 사내에게 무사의 혼을 갈게 한다면 얼마나 무딘 칼이 되고 말 것인지 걱정이 들기도 했다.

"이걸."

무사시는 허리에 찬 칼을 내밀며 갈아 달라고 하자 고스케가 칼을 받았다.

"잠시 보겠습니다."

고스케는 막상 칼을 받아 들자 야윈 어깨를 치켜세우더니 한 손은 무릎에 놓고 다른 한 손을 뻗어 무사시의 칼을 잡고 공손히 머리를 숙였다. 사람이 왔을 때는 숙이지도 않던 머리를, 아직 칼이 명검인지 둔검인지 모르는데도 칼 앞에서는 예의를 취했다. 그리고 기름종이를 입에 물더니 칼집에서 칼을 뽑아 들고 조용히 칼을 살펴보는 그의 눈이 빛을 발하기 시작했다.

이윽고 고스케가 칼을 칼집에 꽂은 후에 아무 말도 하지 않고 무사시의 얼굴을 쳐다보다가 무릎을 끌어당기고 방석을 권했다.

"올라오시지요."

"그럼."

무사시는 사양하지 않고 마룻귀틀에 올라가 앉았다.

무사시는 칼의 손질도 손질이지만 실은 이 집 간판에 혼아미 문파라고 쓰여 있었기 때문에 주인이 교토 출신임에 틀림없다고 생각했다. 그래서 필시 혼아미가의 문하라고 생각해서 오랫동안 소식을 모르는 고에쓰의 안부와 신세를 진 그의 어머니 묘슈의 소식도 들을 수 있을지도 모른다는 생각을 해서 이곳을 찾은 것이었다.

고스케는 물론 그런 연고를 알 리가 없기 때문에 처음에는 서먹하게 대했지만 무사시의 칼을 보고 나서는 조금 태도가 변했다.

"이 검은 대대로 물려받은 칼입니까?"

무사시가 그리 내력이 있는 검은 아니라고 대답하자 고스케는 그럼 전쟁터에서 쓴 칼이냐, 아니면 평소에 쓰는 칼이냐고 물었다.

"전쟁에서 쓴 적은 없소. 단지 들고 다니지 않는 것보다 나을 듯해서 늘 차고 있는 검인데, 이름도 내력도 없는 싸구려 검입니다."

"흐음……."

고스케는 무사시의 얼굴을 바라보면서 물었다.

"이 검을 어떻게 갈아 달라는 것입니까?"

"그게 무슨 말인지?"

"자를 수 있게 갈라는 말씀인지, 아니면 잘리지 않아도 좋다는 말씀인지."

"자를 수 있는 것이 좋을 듯하오만."

그러자 고스케는 자못 놀란 듯한 얼굴로 말했다.

"예? 여기서 더 말입니까?"

칼은 베기 위해 가는 것이고 벨 수 있도록 칼을 가는 것이 연마사의 일이었다. 무사시가 의아한 표정으로 그의 얼굴을 바라보자 고스케는 고개를 저으며 말했다.

"저는 이 칼을 갈 수 없습니다. 다른 곳에 가시지요."

고스케는 무사시의 칼을 내밀며 돌려주었다. 이상한 사내였다. 왜 갈 수 없다는 것인지 약간 불쾌한 표정으로 무사시가 아무 말도 하지 않고 있자 고스케 역시 무뚝뚝하게 입을 꾹 다물고 있었다. 그때 문 쪽에서 근처에 사는 사람인 듯한 사내가 안을 들여다보며 그를 불렀다.

"고스케 아저씨, 댁에 낚싯대가 있으면 빌려 주지 않을래요? 요즘 근처 밀물을 타고 물고기들이 몰려와서 펄떡이고 있으니 많이 잡을 수 있을 거예요. 물고길 잡으면 나눠 드릴 테니 있으면 빌려 주세요."

고스케는 다른 기분이 상한 일이 있는 듯 소리쳤다.

"내 집에는 살생하는 도구 따윈 없다. 다른 곳에서 빌려라!"

사내가 깜짝 놀라서 그대로 돌아가자 고스케는 무사시 앞에서 몹시 못마땅해 하고 있었다. 무사시는 이 사내에게서 아주 재미있는 점을 발견했다. 그것은 재주나 기지 같은 것이 아니었다. 오래된 도자기로 비유하자면, 그는 기교나 화려함도 없는 투박한 질그릇 같은 사내라고 할 수 있었다. 그리고 보면 고스케는 옆머리가 벗겨지기 시작했고 쥐가 갉아먹은 듯한 종기 자국에 고약을 붙이고 있는 모습 등 가마 안에서 상처가 난 도자기처럼 보여서 더욱 그렇게 보이는 듯했다.

무사시는 터져 나오려는 웃음을 표정에는 드러내지 않고 온화한 목소리로 그를 불렀다.

"주인장."

"예."

그는 성의 없이 대답했다.

"왜 이 칼은 갈 수가 없다는 것이오? 갈아도 소용이 없는 둔검이기 때문이오?"

"흐음."

고스케는 고개를 저었다.

"칼의 주인인 무사님이 더 잘 아시겠지만 이 칼은 아주 좋은 히젠모노肥前物 칼입니다. 허나 사실대로 말하자면 자를 수 있게 갈아 달라는 것이 마음에 들지 않소이다."

"흠, 왜 그렇소?"

"칼을 갈러 오는 사람들은 하나같이 자를 수 있도록, 하고 말합니다. 자르기만 하면 좋은 것이라고 생각하는 거지요. 그것이 마음에 들지 않습니다."

"허나 기왕에 칼을 갈 바에는."

고스케는 손으로 무사시의 말을 막으며 말했다.

"잠시 기다리십시오. 그것을 설명하자면 얘기가 길어집니다. 제 집에서 나가 문 앞의 간판을 다시 읽어 보시지요."

"'혼을 가는 곳'이라고 쓰여 있지 않소? 그밖에도 달리 읽을 수도 있소이까?"

"바로 그겁니다. 나는 칼을 간다고 간판에 적지 않습니다. 내가 칼을 가는 일을 배운 종가에서 나는 무사들의 혼을 가는 것이라고 배운 것입니다."

"그렇군."

"그 가르침을 받은 이래 나는 그저 사람을 베기만 하면 좋은 칼이라고 생각하는 무사의 검 따위 갈지 않는 것입니다."

"흠, 일리가 있는 말씀이오. 허면 그렇게 제자를 가르친 종가란 대체 어디에 있는 누구요?"

그는 스승의 이름을 말할 때, 마치 그것이 자랑스러운 듯 굽은 등을 쭉 펴면서 말했다.

"그것도 간판에 쓰여 있는데, 교토의 혼아미 고에쓰 님이 바로 제 스승이십니다."

"고에쓰 님이라면 실은 나도 면식이 있는 사이이고 모친이신 묘슈 님에게도 신세를 진 일이 있소이다."

무사시가 예전 일을 몇 가지 이야기하자 고스케는 대단히 놀라며 물었다.

"그럼 혹시 무사님은 일승사 소나무에서 일세의 명검을 떨친 미야모토 무사시 님이 아니십니까?"

"맞소이다. 그 무사시요."

그러자 고스케는 마치 귀인이라도 대하듯 자세를 바로 하며 말했다.

"제가 무사시 님인 줄도 모르고 석가의 설법과 같은 말을 늘어놓았으니, 부디 용서하십시오."

"아니오. 오히려 내가 많은 것을 배웠소이다. 고에쓰 님이 제자에게 깨우친 말씀을 들으니 과연 고에쓰 님의 면모를 새삼 느낄 수 있소이다."

"아시는 바와 같이 종가는 무로마치 장군의 중기 무렵부터 칼을 갈고 연마하였는데, 궁궐의 검까지 맡아 왔었지요. 하여 늘 고에쓰 님이 말씀하시길 일본의 검은 사람을 베고 상하게 하기 위해 만들어진 것이 아니다. 천하를 다스리고 보호하기 위해, 또 악을 물리치고 마魔를 쫓아내기 위한 항마降魔의 검이자 사람의 도리를 닦고 사람의 위에 선 자가 스스로 경계하고 삼가기 위해 허리에 차는 무사의 혼이기 때문에 그것을 다듬는 자 역시 그런 마음을 가지고 다듬어야 한다고 말씀하셨습니다."

"과연 지당한 말씀이오."

"그래서 스승인 고에쓰 님은 좋은 칼을 보시면 그 나라를 태평하게 다스리는 빛을 보는 것 같다고 말씀하시며 악검惡像을 손에 들면 칼을 뽑지 않아도 소름이 끼친다고 싫어하셨습니다."

"흐음."

무사시는 짐작이 가는 것이라도 있는 듯 물었다.

"그럼 주인장은 내 검에서 그런 악한 기운을 느꼈단 말이오?"

"아니, 그런 것은 아니지만 제가 에도로 내려와서 많은 무사들에게 칼을 부탁받았는데, 어느 누구도 검의 그런 대의를 알아주는 이가 없었습니다. 그저 사지를 잘랐다든가, 이 검은 투구에서 머리까지 잘랐든가 하며 베는 것만이 칼의 본분으로 알고 있습니다. 하여 저는 점점 이 일에 염증을 느끼기 시작했습니다만, 다시 마음을 고쳐먹고 며칠 전부터 일부러 간판을 혼을 가는 곳으로 고쳤습니다. 그런데도 여전히 칼을 들고 오는 손님들은 벨 수 있게 해 달라고 해서 애를 태우고 있던 참이었습니다."

"그런 와중에 나까지 그들과 똑같은 말을 하자 거절을 하셨던 게로 군요?"

"무사시 님의 경우는 좀 다릅니다. 실은 아까 허리에 찬 칼을 보여 주셨을 때, 심하게 상한 칼날과 닦아도 지워지지 않을 핏기에 실례의 말씀입니다만, 그저 살생을 자랑스럽게 여기는 애송이 낭인인 듯해서 기분이 나빴던 것입니다."

무사시는 고에쓰가 눈앞에서 고스케의 입을 빌어 말하는 것처럼 머리를 숙인 채 듣고 있다가 말을 꺼냈다.

"무슨 말씀이신지 잘 알겠습니다. 하지만 너무 심려하지 마시지요. 철이 들면서부터 늘 가지고 다니던 칼이어서 칼의 마음을 특별히 생각해 본 적이 없지만, 오늘 이후로 명심하도록 하겠습니다."

고스케는 기분이 완전히 풀어진 듯했다.

"그렇다면 갈아 드리겠습니다. 아니, 무사시 님과 같은 무사의 혼을 갈아 드리는 것은 연마사에게는 큰 영광일 것입니다."

어느새 등불이 켜져 있었다. 무사시가 칼을 맡기고 돌아가려하자 고스케가 말했다.

"실례지만, 다른 칼은 지니고 계시는지요?"

무사시는 없다고 대답했다.

"그럼, 그다지 좋은 칼은 아니지만 그 동안 제 집에 있는 것을 쓰시지요."

그는 무사시를 안쪽에 있는 방으로 안내하더니 칼을 넣어 두는 서랍과 상자에서 골라낸 칼 몇 자루를 무사시 앞에 내놓았다.

"아무거나 마음에 드시는 것을 고르십시오."

무사시는 어리둥절해서 무엇을 골라야 할지 망설여졌다. 본래 무사시는 좋은 칼을 갖고 싶었지만 지금까지 가난한 그의 호주머니 사정으로서는 엄두조차 내지 못했다. 하지만 좋은 칼에는 그에 필적하는 매력이 있었다. 무사시가 지금 몇 자루 중에서 손에 잡은 칼은 칼집을 잡기만 해도 그것을 만든 도장刀匠의 혼이 손에 전해지는 듯했다.

칼을 뽑자 역시 요시노초 시대吉野朝時代[6]에 만들어진 것으로 여겨지는 아름다운 칼이었다. 무사시는 자신의 처지와 기분에 비해 너무 고상한 칼이라고 생각했지만 등잔불에 그것을 비추어 보는 동안 벌써 손에서 칼을 떼어 놓기가 아쉬운 마음이 들었다.

"그럼, 이것을……."

무사시가 빌리겠다고 말하지 않은 것은 다시 돌려주고 싶은 마음이 일지 않았기 때문이었다. 명공名工이 만든 명작에는 필연적으로 사람의 마음을 휘어잡는 무서운 힘이 담겨 있었다. 무사시는 고스케의 대답을 기다리지도 않고 마음속으로 그 칼을 꼭 자신의 것으로 만들고 싶었다.

"과연 안목이 높으십니다."

고스케가 다른 칼들을 집어넣으며 말했다. 그동안에도 무사시는 소

---

6 일본의 남북조 시대南北朝時代에 존재했던 두 조정 중에서 1336년에서 1392년간 야마토구니大和国의 요시노吉野에 있었던 조정朝廷.

유욕에 번민했다. 사려면 막대한 돈이 필요할 것이라고 생각하면서도 도저히 참을 수 없어서 기어코 말을 꺼냈다.

"고스케 님, 이것을 제게 주실 수는 없으신지요?"

"드리겠습니다."

"비용은?"

"제가 원하는 가격으로도 괜찮으신지요?"

"그럼 어느 정도인지?"

"금 스무 장입니다."

"……."

무사시는 자신의 과분한 바람과 덧없는 번민에 대해 후회했다. 그에게 그만한 돈이 있을 리가 없었다. 그는 고스케에게 칼을 돌려주며 말했다.

"이 검은 돌려 드리겠습니다."

"어째서인지요?"

고스케는 의아한 듯 물었다.

"사지 않으시더라도 언제까지나 빌려 드릴 터이니 부디 쓰도록 하십시오."

"빌리는 것은 마음이 더 불안합니다. 한 번 봤을 뿐인데도 갖고 싶은 욕망에 괴로워지는데 가질 수 없는 칼이라는 것을 알면서도 한동안 몸에 지니고 있다 다시 돌려 드리는 것은 더 괴로운 일일 것입니다."

"그처럼 마음에 드셨나 봅니다."

고스케는 칼과 무사시를 번갈아 보다가 조용히 말했다.

"좋습니다. 그토록 마음에 드시는 칼이라면 이 칼을 무사시 님에게 시집을 보내도록 하겠습니다. 그 대신 무사시 님도 제게 무언가 그에 상응하는 것을 주십시오."

무사시는 크게 기뻐하며 그렇게 하기로 마음먹고는 답례에 대해 생각했다. 그러나 검인인 그에게는 아무것도 가진 것이 없었다. 그러자 고스케가 스승인 고에쓰에게 무사시가 조각을 한다는 말을 들었다며 직접 판 관음상 같은 것이 있다면 그것을 달라고 했다.

"관음상과 교환하는 조건으로 검을 드리겠습니다."

고스케는 무사시의 체면을 살려주기 위해 그렇게 말을 했다. 무사시는 자신의 손때가 묻은 관음상을 오랫동안 봇짐에 싸서 지고 다녔지만 호덴가하라에 놓아두고 왔기 때문에 지금은 그조차 없었다. 그래서 무사시는 며칠간 말미를 주면 특별히 관음상을 파서라도 검을 가지고 싶다고 하자 고스케가 말했다.

"지금 당장이 아니어도 괜찮습니다만."

그리고 고스케는 생각지도 못한 친절까지 베풀었다.

"거간꾼 숙소에서 묵으실 바에야 제 작업장 옆 이 층 방이 비어 있으니 그리로 옮기시지 않겠습니까?"

무사시가 그럼 내일부터 그 방을 빌려서 관음상을 파겠다고 하자 고스케는 기뻐하며 말했다.

"그럼 한번 그 방을 보시지요."

고스케가 안쪽으로 안내를 했다. 무사시는 고스케를 따라갔는데 원래부터 그리 넓은 집은 아니었다. 거실 마루에서 사다리를 여섯 계단 올라가자 다다미 여덟 장이 깔린 방 하나가 있었고 창문 옆에 있는 은행나무 잎들이 밤이슬을 머금고 있었다.

"저기가 제가 일을 하는 작업장입니다."

고스케가 가리키는 작업장 지붕은 굴 껍질로 만들어져 있었다. 언제 일러두었는지 고스케의 아내가 그곳에 술상을 들고 오더니 부부가 함께 무사시에게 권했다.

"자, 한 잔 하시지요."

두 사람은 술잔이 돌고부터는 손님과 주인의 구분 없이 편한 자세로 서로의 흉금을 터놓고 이야기를 나눴는데 역시 화제는 검에 대한 얘기뿐이었다.

고스케는 검에 대해 이야기를 할 때에는 다른 사람은 안중에도 없었다. 푸르스름한 뺨이 소년처럼 붉어지고 입 양쪽에 침이 하얗게 고여 그 침이 상대방에 튀어도 전혀 개의치 않았다.

"칼은 나라의 신기神器이며 무사의 혼이라고 모두들 말하지만, 무사건 상인이건 신관이건 모두 칼을 너무 소홀히 대합니다. 저는 뜻한 바가 있어 몇 년 간 여러 지방의 신사 등지를 찾아 좋은 고검古劍들을 보러 다닌 적이 있습니다. 그러나 유명한 칼 중에 만족할 만큼 잘 보존되어 있는 것이 너무 적어서 안타까웠습니다. 가령 신슈信州의 스와 신사에는 오래전부터 삼 백 자루가 넘는 검이 봉납되어 있었는데 그중에서 녹이 슬지 않은 것은 다섯 자루도 되지 않았습니다. 또 이요노구니伊予国의 오미시마大三島 신사는 검을 보관하는 도장刀藏이 유명한데 몇백 년 동안 소장하고 있는 검이 삼 천 자루가 넘지만 제가 한 달 동안 틀어박혀서 조사를 해 보았더니 삼 천 자루 중에 빛을 발하고 있는 검은 열 자루도 되지 않아서 실로 어이가 없었습니다."

고스케는 다시 말을 이었다.

"대대로 내려오는 검이나 비장의 명검이라고 하는 검일수록 그저 허울뿐이고 붉게 녹이 슨 무딘 칼이 많은 듯합니다. 자식을 너무 애지중지해서 그만 백치로 키우고 마는 부모와 같은 것이라고 할까요. 아니, 사람의 자식은 나중에라도 좋은 아이가 될 수 있지만 검은 그렇지가 않습니다."

고스케는 입가의 침을 한 번 삼키더니 눈을 빛내면서 야윈 어깨를 더욱 곧추세우며 말했다.

"칼만은 어찌 된 일인지 시대가 지날수록 나빠집니다. 무로마치부터 지금의 전국 시대가 되고부터는 대장장이들의 실력도 거칠어졌습니다. 앞으로도 점점 나빠지지 않을까 하는 생각에 고도古刀는 소중히 지켜나가지 않으면 안 될 것입니다. 지금의 대장장이가 제 아무리 흉내를 내본들 이젠 두 번 다시 명검을 만들 수 없다는 것은 실로 안타깝고 분한 일이 아닙니까?"

고스케는 무슨 생각이 났는지 벌떡 일어섰다.

"이것 역시 부탁을 받은 명검 중 하나인데, 보십시오. 안타깝게도 녹이 슬어 있습니다."

고스케는 매우 긴 칼을 하나 가지고 와서 무사시 앞에 내놓았다. 무사시는 무심코 그 장검을 바라보다 깜짝 놀랐다. 그것은 사사키 고지로의 모노호시자오가 분명했다. 생각해 보면 이상할 것도 없었다. 이곳은 칼을 가는 집이니 누구의 칼을 맡든지 딱히 이상한 일은 아니었다. 하지만 고지로의 칼을 여기서 볼 거라고는 생각지도 못했던 무사시는 지난 일을 떠올리며 말했다.

"상당히 긴 칼이군요. 이 정도의 칼을 사용하는 사람은 상당한 무사일 듯하군요."

무사시가 그렇게 말하자 고스케도 동의했다.

"그렇겠지요. 다년간 칼을 보아 왔지만 이 정도의 칼은 흔치 않았습니다. 그런데……."

고스케는 모노호시자오를 칼집에서 빼서 칼등을 무사시에게 향한 후에 칼자루를 넘겨주며 말했다.

"보십시오. 안타깝게 서너 군데나 녹이 슬었습니다. 하지만 이 상태로 꽤 쓴 듯합니다."

"그렇군요."

"다행히 이 칼은 가마쿠라 시대 이전의 명공이 만든 칼이어서 고생은 하겠지만 녹을 벗겨낼 수 있을 겁니다. 고도는 녹이 슬어도 얇은 막에 지나지 않으니 말입니다. 허나 근세에 새롭게 만든 칼이라면 이 정도 녹이 슬면 더 이상 쓸모가 없습니다. 새 검의 녹은 마치 질 나쁜 종기처럼 쇠의 중심을 파고듭니다. 이것만 봐도 고검과 신검을 만든 도장의 실력은 비할 바도 아닙니다."

"받으시지요."

무사시는 칼날을 자신 쪽으로 하고 칼등을 고스케 쪽으로 해서 칼을 돌려주었다.

"실례지만, 이 칼의 주인이 직접 이곳에 왔는지요?"

"아니요. 호소가와가에 일이 있어 찾아갔을 때, 그곳의 가신인 이와마 가쿠베 님이 돌아갈 때 자신의 집에 들르라고 하셔서 갔더니 손님의 것이라고 했습니다."

"잘 만들어진 듯하군요."

무사시가 등불 아래에서 빤히 바라보며 중얼거리자 칼을 비춰 보면서 말했다. 고스케는 혼자 중얼거리듯 말했다.

"장검으로 만들어져서 지금까지는 어깨에 메고 다녔는데 허리에 찰 수 있도록 만들어 달라고 주문하더군요. 그런데 웬만큼 큰 사람이나 실력에 자신이 없고서는 이런 장검을 허리에 차고 다루기는 힘들 겁니다."

술기운이 몸에 돌자 그의 혀도 지친 듯 보였다. 무사시도 그만 일어서야겠다고 생각하고 인사를 하고 문밖으로 나왔다. 밖에 나오자 거리에는 불빛 하나도 보이지 않을 만큼 어두웠다. 시간이 오래 지나지 않은 듯했는데 의외로 오랫동안 앉아 있었던 듯싶었다. 밤이 꽤나 깊은 듯했다.

그러나 여인숙은 바로 맞은편 있어서 고생해서 걸어갈 필요도 없었다. 열려 있는 문으로 들어가서 새카만 어둠을 더듬으며 이 층으로 올라갔다. 이오리가 잠들어 있을 거라고 생각했는데 잠자리가 두 개 펴져 있었지만 이오리의 모습은 보이지 않았고 베개 두 개가 나란히 놓여 있을 뿐 아직 사람의 온기가 닿았던 흔적도 없었다.

"아직 돌아오지 않은 걸까?"

무사시는 갑자기 걱정이 됐다. 낯선 에도 거리를 헤매고 있을지도 몰랐다. 무사시는 계단을 내려가서 잠들어 있는 여인숙 남자를 깨워 물어보았다.

"아직 돌아오지 않은 것 같은데 무사님과 함께 있지 않았습니까?"

남자는 잠이 덜 깬 몽롱한 얼굴로 오히려 무사시가 모르는 것이 이상하다는 듯 말했다.

"흐음."

그대로 잠을 잘 수 없었던 무사시는 다시 캄캄한 밖으로 나와서 처마 끝에 서 있었다.

# 둔갑

"여기가 고비키초라고? 이런 곳에 다이묘 집이 있을 리가 없잖아."

이오리는 의심이 들어서 길을 가르쳐 준 사람에게 화가 났다. 그는 강가에 쌓여 있는 목재에 걸터앉아서 부어오른 발을 풀로 문질렀다. 해자 위에는 물이 보이지 않을 만큼 빽빽이 목재들이 떠 있었다. 그곳에서 얼마 떨어지지 않은 곳은 바다였는데 그 외에는 넓은 초원과 근래에 새로 메운 넓은 땅밖에 보이지 않았다. 여기저기서 깜빡깜빡 불빛이 보였지만 가까이 가면 그것들은 모두 목재를 나르는 인부와 석공 들이 잠을 자는 움막이었다.

물이 있는 곳에는 목재와 돌이 산처럼 쌓여 있었다. 한창 에도 성을 개축하고 있었고 시가지에도 계속해서 집들이 들어서고 있기 때문에 인부들의 움막이 모여 있는 것은 당연한 일이었다. 이오리는 어린 마음에도 야규 다지마노가미의 저택이 인부들의 부락 근처에 있을 리가 없다고 생각했다.

"어떻게 하지?"

풀 위에 밤이슬이 내렸다. 무거워진 짚신을 벗고 달아오른 발로 풀을 밟고 있으니 그 냉기에 온몸의 땀도 식는 것 같았다. 밤도 깊어지고 찾는 집도 어딘지 몰라서 이오리는 돌아가려 해도 돌아갈 수도 없었다. 어린 마음에 스승의 심부름을 제대로 완수하지 못한 것이 부끄럽게 여겨졌다.

"여인숙 아줌마가 아무렇게나 가르쳐 줘서 이렇게 된 거야."

이오리는 자신이 사카이초墻町에 있는 가부키 거리인 시바이초芝居町에서 실컷 한눈을 팔며 놀다가 늦어진 것은 까맣게 잊고 있었다.

이제 물어 볼 사람도 없었다. 이대로 날이 새는 건 아닌가 생각하자 이오리는 갑자기 두려웠다. 움막에서 자고 있는 사람이라도 깨워서 밤이 새기 전에 심부름을 완수하고 돌아가지 않으면 안 된다는 책임감이 사로잡혔다.

이오리는 땅을 파고 지은 움막의 빛을 향해서 다시 걷기 시작했다. 그런데 줄풀[7]을 마치 종이우산처럼 어깨에 감고 움막들을 기웃거리고 있는 여자가 있었다. 콧소리를 내며 움막 안에 있는 사내들을 부르다가 이내 실망해서는 방황을 일삼으며 웃음을 파는 여자였다. 이오

---

7 못이나 물가에서 자라는 볏과의 여러해살이풀로 2미터 정도로 자란다. 열매와 어린싹은 식용으로 쓰고 잎은 도롱이나 차양, 자리 등을 만드는 데에 쓴다.

리는 그런 여자들이 무슨 목적으로 서성이고 있는지 알지 못했기기 때문에 친근한 목소리로 말을 걸었다.

"아줌마."

회벽처럼 하얀 얼굴을 한 여자는 이오리를 돌아보더니 근처 술집에서 심부름을 하는 아이로 착각한 모양이었다.

"너지? 아까 돌을 던지고 도망간 게."

그녀가 노려보자 이오리는 다소 놀라며 말했다.

"몰라요. 난 이 근처에 살지 않아요."

"……."

여자는 가까이 오더니 갑자기 까르르 웃음을 터뜨렸다.

"무슨 볼일이라도 있니?"

"저기……."

"너 참 귀엽구나."

"제가 심부름을 왔는데, 집을 몰라서 큰일이에요. 아줌마는 아세요?"

"어딜 가는데?"

"야규 다지마노가미 님 댁요."

"뭐라고?"

여자는 뭐가 우스운지 배꼽을 잡으며 웃어젖혔다.

"야규 님은 다이묘란다."

여자는 그렇게 신분이 높은 댁에 심부름을 간다는 이오리의 볼품없는 행색을 보고는 다시 웃었다.

"너 같은 아이가 가 봐야 문이나 열어 줄 줄 아니? 그분은 장군 가문의 사범이셔. 그런데 그 댁에 아는 사람이라도 있니?"

"편지를 전하러 가는 거예요."

"누구에게?"

"기무라 스케구로라는 사람에게."

"그럼 가신이구나. 그렇다면 몰라도 네가 야규 님을 아는 것처럼 말하니 우스워서……."

"아무래도 좋으니 집을 가르쳐 줘요."

"해자의 건너편이다. 저 다리를 건너면 기이紀伊 님의 저택이 있고 그 옆이 교고쿠京極 슈젠主膳[8]님, 그 다음이 가토 기스케加藤喜介 님, 그리고 마쓰다이라 스오노가미松平周防守 님……."

여자는 해자 건너편으로 보이는 담과 울타리 들을 손가락으로 가리키며 말했다.

"분명 그 다음쯤일 거야."

"그럼 건너 쪽도 고비키초예요?"

"그래."

"젠장."

"길을 알려 주니까 젠장은 뭐니? 그치만 넌 귀여우니까 내가 야규 님의 댁까지 데려다 줄 테니 자, 따라와."

여자는 앞장서서 걸었다. 우산을 쓴 귀신처럼 줄 풀을 감싸고 있는

---

8 궁궐에서 식품 조달과 관리, 회식 등을 관장하던 직책.

여자가 다리 중간까지 갔을 때, 술 냄새를 풍기며 지나가던 남자가 여자의 옷소매를 슬쩍 건드리며 지나갔다. 그러자 여자는 데리고 가던 이오리는 까맣게 잊어버리고 남자를 쫓아갔다.

"어머, 저 몰라요? 누가 그냥 보내 줄 줄 아세요?"

여자가 남자를 붙잡고 다리 아래로 끌고 가려고 하자 남자가 뿌리치며 외쳤다.

"이거 봐!"

"싫어요."

"돈이 없어."

"없어도 좋아요."

남자에게 딱 달라붙어 있던 여자가 문득 어이가 없어 하는 이오리를 보며 말했다.

"어딘진 알고 있지? 난 이분과 볼일이 있으니 먼저 가."

하지만 이오리는 의아한 얼굴을 하고 두 남녀가 아웅다웅하는 모습을 바라보고 있었다. 이윽고 여자가 힘이 센 건지 아니면 남자가 일부러 끌려가는 건지, 두 사람은 다리 아래로 함께 내려갔다.

이오리는 이상하게 생각하며 다리 난간에서 아래쪽을 살짝 내려다보았다. 얕은 모래밭에는 잡초가 우거져 있었다. 그때 무심코 다리 위를 올려다보던 여자가 이오리가 엿보고 있는 것을 보고는 화를 내며 소리쳤다.

"저리 가! 이 엉큼한 녀석!"

그러고는 돌멩이를 주워서 던지며 말했다. 이오리는 깜짝 놀라서 다리 저편으로 줄행랑을 쳤다. 들판의 외딴집에서 자란 그였지만 방금 얼굴이 하얀 여자처럼 무서운 것을 본 적이 없었다.

강을 등지고 창고가 있고 담장이 있었다. 그리고 다시 창고와 담이 계속 이어졌다.

"아, 여기다"

이오리는 무의식중에 그렇게 외쳤다. 밤인데도 강으로 난 창고의 하얀 벽에 두 겹으로 된 삿갓 문장이 선명하게 보였다. 야규 님은 두 겹 삿갓이라는 유행가 가사가 이내 떠올랐던 것이다. 창고 옆에 있는 검은 대문이 야규의 집이 분명했다. 이오리는 닫혀 있는 대문을 탕탕 두드렸다.

"누구냐?"

꾸짖는 듯한 목소리가 문 안에서 들렸다.

이오리도 목청껏 소리쳤다.

"나는 미야모토 무사시 님의 제자입니다. 편지를 가지고 왔습니다."

문지기가 몇 마디 더 했지만 아이의 목소리에 의아해하며 대문을 살짝 열고 물었다.

"한밤중에 무슨 일이냐?"

이오리는 무사시의 편지를 문지기의 얼굴에 내밀었다.

"이것을 전해 주십시오. 답신이 있으면 가지고 가고 없으면 이대로 돌아가겠습니다."

문지기가 편지를 보더니 말했다.

"응? 꼬마야, 이것은 기무라 스케구로 님에게 드릴 편지 아니냐?"

"네, 그렇습니다."

"기무라 님은 여기에 안 계신다."

"그럼 어디 계십니까?"

"히가구보$_{日窪}$다."

"모두 고비키초라고 가르쳐 주던데요?"

"사람들은 흔히 그렇게 말하지만, 여기에 있는 부지는 거처가 아니다. 이곳은 창고 부지와 공사를 돕기 위해 지은 목재 창고뿐이다."

"그럼 야규 님과 다른 가신분들도 히가구보에 있나요?"

"그래."

"히가구보가 여기서 먼가요?"

"꽤 멀다."

"어딘데요?"

"부$_府$의 외곽에 있는 산이다."

"산이라고요?"

"아자부$_麻布$ 촌이다."

"모르겠는데."

이오리는 한숨을 쉬었다. 하지만 책임감 때문이라도 이대로 돌아갈 수는 없었다.

"아저씨, 히가구보로 가는 길을 좀 그려 주시지 않을래요?"

"바보 같은 소리 하지 말거라. 지금부터 아자부 촌까지 가면 밤이 새고 말게다."

"상관없어요."

"그만둬라. 아자부만큼 여우가 많은 곳도 없는데 여우에게 홀리기라도 하면 어떡할래? 그런데 넌 기무라 님을 알고 있느냐?"

"제 스승님이 알고 계세요."

"밤이 이렇게 깊었으니 쌀 창고에서 자고 내일 아침에 가는 게 어떠냐?"

이오리가 손톱을 깨물며 고민을 하고 있는데 창고지기 같은 남자가 와서 이야기를 들어보더니 말했다.

"강도들도 많은데 어린애 혼자서 아자부 촌까지 가는 건 무리야. 그래도 거간꾼 거리에서 여기까지 용케 혼자서 왔군."

두 사람은 날이 샐 때까지 기다리라고 이오리에게 말하더니 쌀 창고 구석에서 재워 주었다. 이오리는 쌀이 너무 많이 쌓여 있어서 가난한 집 아이가 황금더미 속에서 잠을 자는 것 같은 기분이 들어 꾸벅꾸벅 졸다가도 가위에 눌린 듯 좀처럼 잠을 잘 수가 없었다. 하지만 한번 잠이 들면 세상모르고 곯아떨어지는 것을 보면 이오리도 역시 아이일 수밖에 없었다. 게다가 창고지기도 문지기도 쌀 창고 속에서 완전히 잠이 든 이오리를 잊고 깨우지 않아서 이오리는 점심이 지나서야 눈을 떴다.

"엉?"

말똥말똥 눈을 뜬 이오리는 깜짝 놀랐다.

"큰일 났다!"

심부름을 떠올린 이오리는 허둥지둥 눈을 비비며 짚단 속에서 뛰쳐나왔다. 양지로 나오자 눈이 부셔 어질어질했다. 어젯밤 문지기는 방에서 점심을 먹고 있었다.

"꼬마야, 이제 일어났느냐?"

"아저씨, 히가구보로 가는 길을 그려 주세요."

"늦잠을 자서 당황했구나. 배는 안 고프냐?"

"배가 고파서 눈이 핑핑 돌아요."

"하하하, 여기에 도시락이 하나 남았으니 먹고 가거라."

이오리가 밥을 먹는 사이에 문지기는 아자부 촌으로 가는 길과 야규가가 있는 히가구보의 지형을 그림으로 그려 주었다. 이오리는 그것을 들고 서둘러 길을 떠났다. 심부름이 중요하다는 생각은 머릿속에 가득했지만 무사시가 어젯밤부터 자신을 걱정하고 있으리라는 생각은 전혀 하지 못했다. 문지기가 그려 준 대로 번화한 거리를 지나 마을을 관통하는 길을 가로지르자 이윽고 에도 성 아래에 이르렀다.

그 근처에는 여기저기 수없이 해자가 파헤쳐져 있었고 흙을 메운 땅위에는 무사의 집이나 다이묘의 웅장한 문이 세워져 있었다. 그리고 해자에는 돌과 목재를 쌓은 배가 수없이 떠 있었고 멀리 보이는 성의 석축이나 외곽에는 나팔꽃이 타고 오르도록 세워 놓는 대나무처럼 통나무 발판들이 만들어져 있었다.

히비야日比谷 들판에는 끌과 손도끼 소리가 새로운 막부의 위세를 떨

치고 있었다. 이오리에게는 보고 들리는 것 모두가 생전 처음 보는 것
뿐이었다.

꽃을 꺾을까

무사시노武藏野 들판에

용담꽃, 도라지꽃

헤맬 만큼 많지만

그 소녀를 생각하면

꺾을 수 없는 꽃이여

그저 이슬에

소매만 흠뻑 젖는구나


이오리는 돌을 나르는 인부들의 흥겨운 듯 노랫소리와 끌과 손도끼
로 나무를 다듬는 광경에 정신이 팔려 또 발길을 멈추고 한눈을 팔고
있었다. 새로 돌담을 쌓고 건물을 세우고 있었다. 이오리는 가슴이 뛰
었다. 머릿속에서는 상상력이 날갯짓을 했다.

"아, 나도 빨리 어른이 되어 내 성을 짓고 싶다."

이오리는 공사장을 감독하며 돌아다니는 무사들을 황홀하게 바라
보고 있었다. 그러는 사이에 해자의 물이 붉은색으로 물들더니 저녁
까마귀의 울음소리가 귓가에 들려왔다.

"앗, 벌써 해가 지고 있다."

이오리는 다시 걸음을 재촉했다. 눈을 뜬 건 점심이 지나서였지만 이오리는 하루를 허비했다는 생각은 하지 못했다. 정신을 차리고 지도를 의지해서 길을 재촉하다 이윽고 아자부 촌의 산길로 접어들었다.

나무들이 빽빽하게 들어찬 어두운 언덕길을 올라가자 산 위에는 아직도 석양이 비치고 있었다. 에도의 아자부 산까지 이르자 골짜기 아래 군데군데 논밭과 농가의 지붕이 띄엄띄엄 보였다.

먼 옛날, 이 부근은 아사오우麻生[9] 마을, 또는 아사후루야마麻布留山라고 불릴 정도로 삼麻의 산지였다. 덴교天慶 시절 다이라노 마사카도平將門가 간핫슈關八州에서 난을 일으켰을 무렵에는 미나모토 츠네모토源經基가 이곳에서 그들과 대치한 적이 있었다. 또 그로부터 팔십 년 후인 쵸겐長元 무렵에는 다이라 타다츠네平忠恒가 반란을 일으켰을 때에는 어검御劍을 하사받은 미나모토 요리노부源賴信는 정이대장군征夷大將軍이 되어 토벌의 깃발을 들고 이곳 아사오우 산에 진을 친 후 여덟 주州의 군사를 불러 모았다는 전설도 있었다.

"아, 힘들어."

산을 단숨에 뛰어 올라온 이오리는 이렇게 중얼거리며 시부야澁谷, 아오야마靑山의 산들, 이마이今井, 이구라飯倉, 미타三田, 그리고 근방의 마을을 아득히 둘러보았다. 그의 머릿속에는 아무런 역사적 지식도 없었지만 천 년도 더 된 나무와 골짜기를 흘러가는 물과 이곳의 산과 계곡의 풍광은 먼 아사오우의 시절, 다이라 씨와 미나모토 씨의 용감무

---

9 일본의 성씨 중 하나로, 오늘날의 '아소'와 같다.

쌍한 무사들이 들판에 쓰러져 간, 무가武家의 발상지였던 당대의 풍모를 느끼게 하는 무언가가 남아 있었다.

'둥, 둥, 둥.'

"응?"

어디에선가 북소리가 들려왔다. 이오리는 산 아래를 내려다보았다. 울창한 나무들 사이로 신사 지붕의 기둥이 보였다. 그것은 방금 올라오면서 본 이구라의 대신궁大神宮이었다. 이 부근에는 궁궐에 헌상하는 쌀을 재배하는 어전御田이라는 이름이 남아 있었고 이세신궁 수라간의 토지이기도 했다. 이구라라는 지명도 거기서 온 것인 듯했다.

대신궁이 누구의 제사를 지내는 것인지 이오리도 잘 알고 있었다. 무사시에게 공부를 배우기 전에도 그것은 알고 있었다. 그래서 요즘에도 사람들이 갑자기 도쿠가와 님, 도쿠가와 님 하며 떠받들고 칭송하는 말을 들으면 이오리는 이상한 기분이 들었다.

지금도 방금 전, 에도 성의 대규모 개축 공사를 보고 다이묘 골목의 금빛 찬란한 문과 외관을 봤던 눈으로 이곳의 어둡고 언덕진 푸른 숲 아래 근처의 농가 지붕과 별다를 바 없는 것 같은 신궁의 모습을 보자 더욱 이상한 기분이 들었다.

'도쿠가와가 더 위대한 걸까?'

이오리는 그저 단순히 이렇게 의아하게 생각했다.

'그래, 나중에 스승님에게 물어봐야지.'

이오리는 이렇게 머릿속을 정리했지만 정작 중요한 야규가에 어떻게 가야 하는지 왠지 불안해 보였다. 이오리는 품속에서 문지기가 그려 준 지도를 꺼내서 보다가 고개를 갸웃거렸다. 웬일인지 자신이 있는 위치와 그림이 전혀 맞지 않았다. 그림을 보면 길을 알 수가 없고 길을 보면 그림과 맞지 않았다.

"이상한데?"

햇볕이 잘 드는 창호문 안에 있는 것처럼 해가 질수록 주변은 그 반대로 밝아지는 듯한 기분이 들었다. 게다가 어렴풋이 저녁 안개가 깔리기 시작해서 아무리 눈을 비벼도 눈썹에 무지개 같은 빛이 서렸다.

"얏, 이놈!"

무엇을 발견했는지 이오리가 별안간 펄쩍 뛰더니 등 뒤의 풀숲을 향해 늘 차고 있던 짧은 칼을 뽑아 내리쳤다. 여우가 캥 하는 소리를 지르며 펄쩍 뛰었다. 무지갯빛 저녁 안개에 풀과 피가 반짝였다. 마른 참억새처럼 털이 빛나는 여우였다. 이오리의 칼에 꼬리인지 다리가 베인 여우는 새된 비명을 지르며 쏜살같이 도망을 쳤다.

"이놈."

이오리는 칼을 쥔 채 놓치지 않겠다며 쫓아갔다. 여우도 빠르고 이오리도 빨랐다. 상처를 입은 여우는 약간 절뚝거렸는데 가끔 앞으로 고꾸라질 듯해서 잡았구나 하고 뛰어가면 갑자기 신통력이라도 생긴 듯 훌쩍 앞서서 도망쳤다.

들에서 자란 이오리는 어머니의 품에 안겨 있을 때부터 여우는 사람을 홀린다는 얘기를 많이 들었다. 멧돼지 새끼나 토끼나 날다람쥐는 좋아했지만 여우는 미웠고 어딘지 무서웠다. 그래서 방금 풀숲에서 자고 있는 여우를 발견하자 그는 순간 자신이 길을 잃은 것이 우연이 아니라는 생각이 들었다. 여우에게 홀린 것이라고 생각했던 것이다. 아니, 이미 어젯밤부터 저 여우가 자신의 뒤를 따라다닌 것이 틀림없다는 생각이 들었다.

기분 나쁜 여우였다. 죽이지 않으면 계속 여우에게 홀릴 것 같았다. 이오리는 계속해서 여우를 쫓아갔지만 여우는 홀연 잡목이 우거진 벼랑으로 뛰어들었다. 하지만 이오리는 교활하고 영악한 여우가 자신에게 그렇게 보이고 실은 자신의 뒤에 숨어 있는 것이 아닌지 하고 근처의 수풀을 발로 휘저으며 찾았다.

저녁 이슬이 벌써 풀잎에 맺혀 있었다. 개여뀌에도 닭의장풀 꽃에도 이슬이 맺혀 있었다. 목이 너무 말랐던 이오리는 자리에 털썩 주저앉아서 박하풀에 맺힌 이슬을 핥았다. 그제야 좀 살 것 같은지 이오리는 어깨로 숨을 내쉬었다. 땀이 폭포처럼 쏟아졌다. 심장이 쿵쾅거리며 요동을 쳤다.

"대체 이놈이 어디로 도망친 거지?"

여우를 다치게 한 것이 왠지 불안했다.

"분명 복수하러 올 거다."

이오리는 각오를 하고 있었다.

그런데 다소 마음이 진정되자 귓가에 요사스런 소리가 들려왔다.

"응?"

이오리는 눈을 깜빡이고 사방을 두리번거리며 여우에게 홀리지 않으려 마음을 다잡았다. 요사스런 소리가 점점 가까이 다가왔다. 그것은 피리 소리를 닮았다.

"왔구나."

이오리는 눈썹에 침을 바르며 조심스레 일어섰다. 앞을 바라보자 안개 속에서 여자가 이쪽으로 오고 있었다. 얇은 장옷을 뒤집어쓰고 자개 안장을 얹은 말에 옆으로 올라앉아 말고삐를 잡고 있었다. 말은 마치 여자가 부는 피리 소리를 감상하는 것처럼 느릿느릿 걸어오고 있었다.

"둔갑을 했구나!"

이오리는 그렇게 생각했다. 뉘엿뉘엿 지는 해를 등 뒤로 하고 말 위에서 피리를 불며 오는 장옷을 뒤집어쓴 여자는 정말 이 세상 사람 같지 않았다. 이오리는 청개구리처럼 몸을 구부리고 풀숲으로 들어가 쪼그리고 앉았다. 그곳은 마침 남쪽 골짜기로 내려가는 언덕길 모퉁이였다. 만약 여자가 말을 탄 채 여기까지 오면 불시에 달려들어 여우의 정체를 밝히겠다고 속으로 벼르고 있었다. 새빨간 태양이 시부야 산 너머로 지기 시작하자 붉은 저녁 구름이 하늘을 덮기 시작했다. 땅 위에는 벌써 어둠이 깔리고 있었다.

"오츠 님."

어디선가 갑자기 여자를 부르는 소리가 들렸다.

'오츠 님?'

이오리는 입속으로 흉내를 냈다. 의심이 들자 그 목소리도 어쩐지 사람의 목소리 같지 않았다.

'한 마리가 더 있었군.'

여우가 자신의 동료를 부르는 목소리가 분명했다. 이오리는 여우가 가까이 다가오는 말 위의 여자로 둔갑한 것이라고 믿어 의심치 않았다. 풀숲에서 살펴보자 말을 탄 여자는 이미 언덕 모퉁이까지 와 있었다. 근처에 나무가 별로 없었기 때문에 말을 탄 여자의 상반신은 붉게 물든 하늘을 배경으로 선명하게 보여 마치 공중을 떠오는 듯했다. 이오리는 풀숲 속에서 칼을 단단히 쥐고 달려들 준비를 했다.

'내가 숨어 있는 걸 모르는구나.'

이오리는 여자가 열 걸음 정도 지나 남쪽 비탈길로 접어들면 뛰어나가서 말의 엉덩이를 칼로 내리치려고 생각했다.

이오리는 어렸을 때부터 여우는 대개 둔갑한 형상의 뒤편에 몸을 숨기고 있다는 얘기를 떠올린 것이다. 그런데 말을 탄 여자는 비탈 초입까지 오자 갑자기 말을 멈추고 불고 있던 피리를 주머니에 넣더니 허리끈 속으로 집어넣었다. 그리고 머리에 뒤집어쓰고 있던 장옷을 살짝 젖혔다.

"응?"

여자는 말 위에서 무언가를 찾는 듯 주위를 둘러보았다.

"오츠 님."

또 다시 어디에선가 똑같은 목소리가 들리자 여자는 하얀 얼굴에 씽긋 미소를 지었다.

"아, 효고兵庫 님."

여자가 작은 목소리로 외쳤다.

그러자 남쪽 골짜기에서 한 무사가 언덕길을 올라왔다.

"아니?"

이오리는 그만 아연실색하고 말았다. 무사는 정말로 다리를 절고 있었다. 아까 자신의 칼을 맞고 도망친 여우도 다리를 절뚝거렸었다. 이오리는 바로 저 무사가 자신의 칼을 맞고 도망친 여우가 틀림없다고 생각했다.

'정말 감쪽같이 둔갑을 했구나.'

이오리는 혀를 내두르며 몸을 부들부들 떨더니 그만 오줌을 찔끔 지리고 말았다. 그사이에 말 위에 있는 여자와 절름발이 무사는 무슨 말인가를 주고받더니 이윽고 무사가 말고삐를 잡고 이오리가 숨어 있는 풀숲 앞을 지나갔다.

'지금이다!'

그렇게 생각했지만 몸이 움직이질 않았다. 기척을 느꼈는지 말 옆에 있던 젊은 무사가 풀숲 쪽을 돌아보고는 이오리의 얼굴을 잠시 노려보며 지나쳤다. 그의 눈빛은 산자락에 걸린 붉은 태양보다 훨씬 강렬하고 날카로웠다.

이오리는 자신도 모르게 몸을 바짝 엎드렸다. 태어나서 이때까지 십사 년 동안 이렇게 무서운 적은 없었다. 자신이 여기에 있는 것을 들킬 염려가 없었다면 우왕 하고 목 놓아 울고 말았을지도 몰랐다.

# 에도
# 야규

비탈길은 가팔랐다. 효고는 몸을 뒤로 젖히고 말고삐를 잡고서 말을 이끌면서 위를 올려다보고 말했다.

"오츠 님, 늦었군요. 참배하러 갔는데 돌아올 시간도 지났고 해도 저무는데 어쩐 일이냐고 숙부님이 근심을 하시기에 마중을 왔습니다. 어디 들렀다 오는 길입니까?"

"네에."

오츠는 말 등에서 몸을 앞으로 구부리면서 질문에는 대답하지 않고 다른 말을 했다.

"죄송합니다."

오츠가 그렇게 말하며 말에서 내리자 효고가 발길을 멈추고 돌아보며 물었다.

"타고 가면 좋은데 왜 내렸습니까?"

"효고 님이 말고삐를 잡고 가시는데 여자인 제가 어떻게……."

"여전히 겸손하시군요. 그렇다고 여자에게 고삐를 잡게 하고 내가 타고 가는 것도 우습지 않습니까?"

"그러니까 둘이서 고삐를 잡고 가시지요."

오츠와 효고는 말머리를 사이에 두고 양쪽에서 고삐를 잡았다. 언덕을 내려올수록 길은 더 어두워졌고 하늘에는 벌써 별들이 총총하게 떠 있었다. 군데군데 골짜기에는 인가의 등불이 켜져 있었고 시부야 천의 개천물이 소리를 내며 흘러가고 있었다. 그 개천에 놓인 다리 앞쪽이 기다히가구보北日窪이고 맞은편을 미나미히가구보南日窪라고 부르고 있었다.

그 다리의 앞쪽부터 북쪽의 벼랑 일대는 린다츠隣達 화상이 세웠다는 승방이 있었다. 비탈 중간에서 보였던 '조동종 대학림 전단원曹洞宗大學林梅檀苑'이라고 쓰여 있던 문이 그 승려들의 학교인 승방의 입구였다.

야규가의 저택은 그 대학림과 마주한 남쪽 벼랑에 자리 잡고 있었다. 그래서 시부야 천의 강변에서 살고 있는 농부나 소상인 들은 대학림의 학승들을 북인北人이라 불렀고 야규가의 문하생들은 남인南人이라고 불렀다.

야규 효고는 문하생들과 함께 기거하고 있지만 종가宗家인 세키슈사이의 손자이고 다지마노가미에게는 조카이기 때문에 혼자서 각별한 대우를 받으며 자유스럽게 지냈다. 여기서는 이곳을 야마토의 야규 본가와 구분하기 위하여 에도 야규라 부르고 있었고 본가의 세키슈사이가 가장 귀여워하던 사람이 손자인 효고였다.

효고는 스물이 넘자 가토 기요마사의 눈에 들어 삼 천 석의 파격적인 녹봉을 받고 히고肥後로 가서 구마모토에서 거주하도록 되어 있었다. 하지만 세키가하라 이후, 이른바 간토 쪽 편과 가미가타에 가담한 다이묘와의 복잡하기 그지없는 정치적인 기류로 인해, 작년에 종가에 있는 큰아버님인 세키슈사이가 위독하다는 구실을 핑계로 야마토에 돌아온 이후로 수행을 쌓는다며 비고로 돌아가지 않았다. 그 후 일 년 동안 효고는 여러 나라를 다니며 수행을 하다 작년부터 이곳 에도 야규의 숙부 밑에서 머물고 있었다.

효고는 올해로 스물여덟이었는데 마침 숙부의 집에 오츠도 머물고 있었다. 젊은 효고와 묘령의 오츠는 곧 친숙해졌지만, 오츠에게는 복잡한 과거가 있는 듯 보였고 또 숙부의 눈도 있어서 효고는 아직까지 숙부나 오츠에게도 자신의 심중을 한 번도 입 밖에 낸 적이 없었다.

그런데 여기서 설명을 해 둘 필요가 있는 것은 오츠가 어떻게 야규가에 몸을 의탁하게 되었는가 하는 점이다.

무사시와 헤어지게 된 오츠가 소식이 끊긴 것은 벌써 삼 년 전 일로 교토에서 기소木曾 가도를 거쳐 에도로 향하던 도중이었다. 후쿠시마福島의 관문과 나라이奈良井 여관 사이에서 그녀를 기다리고 있던 마수가 그녀를 협박하여 말에 태우고 산을 넘어 고슈 방면으로 도망친 경위는 앞에서 말했다.

그 장본인은 바로 혼이덴 마타하치였다. 오츠는 마타하치의 감시와 속박을 받으면서도 정조를 지켰고 이윽고 무사시와 조타로가 따로 에도에 도착했을 무렵, 그녀도 에도에 있었다. 그녀가 어디에서 무엇을 했는지를 자세히 이야기하려면 또다시 이 년 전으로 거슬러 올라가야 하기 때문에 여기에서는 간략하게 그녀가 야규가로 가게 된 경위만을 설명하겠다.

마타하치는 에도에 도착하자 우선 먹고살 방도를 찾아야 한다고 생각하고 일거리를 찾기 시작했다. 하지만 일거리를 찾아 헤매는 동안 에도 오츠를 한시도 곁에서 놓아주지 않았다. 마타하치는 어디를 가나 자신들을 가미가타에서 온 부부라고 했다.

때마침 에도 성 개축 공사가 한창이어서 석공과 미장이, 목수 등을 보조하는 일거리는 있었지만 축성 공사의 고달픔은 후시미 성 공사장에서 이미 충분히 겪어 보았기 때문에 진절머리가 나서 쳐다보지도 않았다.

"어디 부부가 같이 일할 수 있는 곳이나 가령 필경筆耕 같은 일거리라도 없을까요?"

여전히 우유부단한 성격을 버리지 못하고 일거리를 찾아다니는 마타하치를 보고는 사람들은 한심한 듯 손가락질했다.

"아무리 에도라고 해도 그렇게 이것저것 따지다가는 굶어죽을 게 뻔하오."

그렇게 몇 달을 지내는 동안 오츠는 되도록 마타하치를 안심시키려고 정조를 지키는 선에서 무엇이든 순순히 그의 말을 따랐다. 어느 날

둘이 거리를 걷고 있을 때, 두 겹 삿갓 문장이 있는 의복함과 가마의 행렬을 보게 되었는데 길을 피하며 예를 차리는 사람들의 이야기를 들어보니 바로 야규 님의 가마와 장군 가에게 검술을 지도하는 다지마노가미 님이라고 했다.

오츠는 불현듯 야마토의 야규의 장庄에 머물던 때가 떠올랐고, 야규 가와 자신의 인연을 생각하며 여기가 야마토였더라면 얼마나 좋을까 하는 부질없는 감상에 잠겨 그 행렬이 지나가는 것을 바라보았다. 그런데 길가가 모여 있는 사람들을 헤치고 나오며 뒤에서 그녀를 부르는 사람이 있었다.

"아, 역시 오츠 님이다. 오츠 님, 오츠 님."

그 사람은 방금 다지마노가미가 탄 가마 옆에서 걸어가던 갓을 쓴 무사였는데 얼굴을 보니 야규의 장에서 잘 알고 있던 세키슈사이의 수제자인 기무라 스케구로였다. 오츠는 부처님이라도 만난 듯 마타하치에게 도망을 쳐 스케구로에게 뛰어갔다. 이렇게 해서 오츠는 스케구로와 함께 히가구보에 있는 야규가로 가게 된 것이었다. 물론 닭 쫓던 개가 지붕을 쳐다보는 꼴이 된 마타하치도 잠자코 있지 않았지만 스케구로가 할 말이 있으면 야규가로 오라고 한마디 하자 야규 가의 명성과 위세에 기가 죽어 아무런 대꾸도 하지 못하고 그저 멍하니 지켜볼 수밖에 없었다.

세키슈사이는 야규의 장에 있으면서 에도에 한 번도 나오지 않았지만 아들인 다지마노가미가 장군 히데타다의 사범이라는 대임을 맡고 있음에도 에도에 새 저택을 가지고 있는 것이 늘 걱정스러운 듯했다.

현재 에도뿐 아니라 전국적으로도 '국기國技'라고 하면 장군 가가 배우는 야규의 검법을 지칭하고 '천하의 명인'이라고 하면 누구나 다지마노가미 무네노리를 첫째로 꼽았다. 그러나 자식을 걱정하는 부모의 마음이 다 똑같듯 세키슈사이의 눈에는 다지마노가미가 아직도 어린아이 같아 보였다. 비록 검성劍聖과 명인의 칭호를 받는 부자이기는 하지만 부모로서 자식을 염려하는 마음은 보통 사람들과 별 차이가 없었던 것이다.

더욱이 세키슈사이는 작년부터 병석에 눕는 일이 잦아져서 천수를 다한 듯한 마음이 들었는지 아들을 걱정하고 손자의 장래에 대해서도 근심이 깊은 듯했다. 또, 다년간 자신의 곁을 지키던 수제자인 데부치, 쇼다, 무라타 등도 각기 에츠젠 가문, 사카키바라 가문과 같은 지기知己들인 다이묘에게 천거하여 일가一家를 세울 수 있도록 해서 마음의 준비를 하고 있는 것처럼 보였다. 또 네 수제자 중 한 명인 기무라 스케구로를 에도로 보낸 것도 스케구로처럼 세상물정에 밝은 자가 다지마노가미의 곁에 있으면 도움이 되리라는 부모의 마음 때문이었다.

여기까지가 야규가가 지난 삼 년 동안 겪은 변화였는데, 다지마노가미가 있는 이 에도 야규의 새 저택에 한 명의 여자와 한 명의 조카가 식객으로 몸을 의탁하고 있었다. 바로 오츠와 야규 효고였다.

스케구로가 데리고 온 여인이 이전 세키슈사이의 시중을 들던 적이 있던 여인이라는 말을 들은 다지마노가미도 반가워했다.

"아무 걱정 말고 언제까지라도 머무르시오. 집안일도 좀 도와주면
좋겠지요."

그리고 얼마 후에 조카인 효고도 와서 기식을 하게 되자 다지마노가
미는 두 사람의 젊은 남녀에게 더욱 관심을 가지게 되었고 늘 가장으
로서 마음이 쓰였다. 그러나 조카인 효고는 무네노리와는 달리 더 없
이 무사태평한 성격이어서 숙부가 어떻게 생각하고 걱정을 하든지
간에 개의치 않고 자신은 오츠가 좋고 오츠도 자신을 좋아한다고 거
리낌 없이 말하곤 했다. 하지만 그도 다소 생각이 있는지 아내로 맞이
한다거나 사랑한다는 말은 숙부나 오츠에게 절대로 입 밖에 내지는
않았다.

한편, 두 사람이 지금 말고삐를 서로 잡고 어둠이 내린 히가구보 언
덕을 내려와 이윽고 남쪽에 면한 언덕을 조금 올라간 후 오른쪽에 있
는 야규가 문 앞에서 발길을 멈췄다. 효고가 대문을 두드리며 문지기
에게 소리쳤다.

"헤이조平藏, 문을 열거라! 헤이조, 효고와 오츠 님이 돌아오셨다."

# 아버지와
# 아들

다지마노가미 무네노리는 마흔에서 두 살이 적었다. 그는 준민(俊敏)하거나 강직한 성품은 아니었지만 어느 쪽인가 하면 총명하면서도 매우 이성적인 사람이었다. 이런 점이 영매(英邁)한 부친 세키슈사이와 천재적인 기질을 지닌 조카 효고와도 다분히 달랐다.

이에야스가 야규가에 '누구 한 사람 히데타다의 스승이 될 만한 자를 에도로 보내라'는 명을 내렸을 때, 세키슈사이가 아들과 손자와 문하생들 중에서 굳이 무네노리를 보낸 이유는 그의 총명하고 온화한 성격이 적합하다고 보았기 때문이었다.

이른바 야규가가 근본으로 삼는 것은 '천하를 다스리는 병법'이었다. 이것은 만년의 세키슈사이의 신조였으므로 장군 가의 사범으로 어울릴 만한 사람은 무네노리밖에 없다고 천거한 것이었다. 또한 이에야스가 아들 히데타다의 좋은 검술 사범을 구해 곁에 붙여 준 것도 검술을 배우게 하기 위함이 아니었다.

이에야스 자신도 오쿠야마 보奧山某에게 사사해서 검을 배웠지만 그 목적은 '나라를 세울 때를 깨우치기 위해서'라고 늘 말해 왔다. 그래서 한 개인이 강하고 약한 문제보다 천하 통치의 검이라는 대원칙 아래 나라를 세울 때를 기민하게 깨우치는 안목을 기르는 것이 최우선이어야만 했다.

그러나 무슨 일이건 끝까지 이겨서 살아남는 것이 검의 출발점이고 최후의 목표인 이상, 개인 간의 시합에서 져도 좋다는 논리는 성립하지 않았다. 아니 오히려 다른 유파의 무사보다 야규가는 그 위엄을 위해서라도 절대로 우월해야만 했다. 바로 여기에 무네노리의 고민이 있었다. 무네노리가 가문의 명예를 짊어지고 에도로 간 이후로 일문에서 가장 혜택을 받은 행운아처럼 보였지만 실은 가장 혹독한 시련에 직면한 것이었다.

'조카가 정말 부럽구나.'

무네노리는 늘 효고를 보면 마음속으로 이렇게 중얼거렸다.

'나도 효고처럼 살고 싶구나.'

그는 이렇게 생각하면서도 자신의 입장과 성격 때문에 효고처럼 자유분방하게 살 수가 없었다.

그런 효고가 지금 다리 아래를 지나 무네노리의 방으로 건너왔다. 이 저택은 호장한 면모를 중시해서 세웠지만 교토의 목수에게 맡기지 않았다. 가마쿠라 양식에 따라 일부러 시골 목수에게 공사를 맡겼다. 이 부근은 나무도 작고 산도 낮았기 때문에 무네노리는 그런 건축물 속에서 살면서 하다못해 야규 골짜기의 호탕한 고향 집을 그리워하고 있었다.

"숙부님."

효고는 방 안을 들여다보며 마루에 무릎을 꿇었다.

"효고냐?"

이미 알고 있었던 무네노리는 안뜰을 바라보며 물었다.

"들어가도 되겠는지요?"

"무슨 일이라도 있느냐?"

"특별히 용무가 있는 것은 아니고 조금 말씀드릴 것이 있습니다."

"들어오너라."

"예."

효고는 방으로 들어와서 앉았다. 예절에 엄격한 가풍이었다. 효고는 조부인 세키슈사이에게는 꽤 응석을 부리기도 했지만 숙부는 한없이 어려웠다. 숙부는 언제나 단정하게 정좌를 하고 있었는데 효고는 때론 그런 숙부가 안쓰러운 생각이 들 때가 많았다.

무네노리는 평소에 말이 적은 편이었지만 효고를 보더니 생각난 듯이 물었다.

"오츠는?"

"돌아왔습니다."

효고는 대답하고 말을 이었다.

"늘 가던 히카와米川 신사에 가서 참배하고 돌아오면서 말을 타고 이곳저곳 구경을 하느라고 늦었답니다."

"네가 마중을 갔었느냐?"

"그렇습니다."

"……."

무네노리는 잠시 등잔불 너머에서 입을 다물고 있다가 말했다.

"젊은 처자를 언제까지나 집안에 머물게 하는 것도 여러 가지로 마음에 걸리는구나. 스케구로에게도 말했지만 때가 되면 시간을 내서 어디 다른 곳으로 옮기도록 하는 것이 좋겠다."

"하지만……"

효고는 다소 이해하지 못하겠다는 말투로 말했다.

"의지할 데라곤 전혀 없는 가련한 신세입니다. 여기를 나가면 다른 갈 곳도 없지 않겠습니까?"

"이것저것 생각하면 끝이 없는 법이다."

"마음씨 착한 여인이라고 조부님께서도 말씀하셨다고 합니다."

"마음이 좋고 나쁘고 문제가 아니다. 젊은 남자들만 있는 집에 아리따운 여인이 함께 있으면 드나드는 사람들도 보기 좋지 않고 무사들의 마음도 흐트러진다."

"……."

효고는 자기에게 주의를 주는 것이라고 생각하지 않았다. 왜냐하면 자신은 아직 결혼을 하지 않았고 또 오츠에게도 남부끄러울 불순한 마음을 품고 있지 않다고 믿고 있었기 때문이었다. 오히려 효고는 방금 숙부가 한 말은 숙부 자신에게 말하고 있는 것이라고 여겨졌다.

무네노리에게는 권문세가에서 시집온 부인이 있었다. 그 부인은 무네요리와 금실이 좋은지 어떤지조차 알 수 없을 만큼 저택의 깊은 곳에서 생활하고 있었는데 아직 젊고 외부와 떨어진 곳에서 지내는 만큼, 남편의 근처에 오츠와 같은 여자가 있는 것을 절대로 좋은 눈으로 볼 리가 없다는 것은 상상하기 어렵지 않았다.

오늘 밤도 숙부의 표정이 밝지 않았고 또 가끔 방에 홀로 적막하게 앉아 있는 것을 볼 때마다 효고는 혹시 안에서 무슨 일이 있는 건 아닌가, 하고 신경이 쓰이곤 했다. 더구나 무네노리는 고지식한 성품이어서 여자가 잔소리를 해도 시끄럽다고 일갈할 남편은 아니었다. 겉으로는 장군 가의 사범이라는 대임을 의식해야 했고 항상 아내에게도 여러 가지로 세심하게 신경을 써야만 했다. 그렇다고 해서 다른 사람에게 그런 내색을 할 수 있는 것도 아니어서 무네노리는 침통하게 혼자서 생각에 잠겨 있을 때가 많았다.

"스케구로와 상의하여 신경을 쓰지 않도록 잘 처리하겠습니다. 오츠 님의 일은 저와 스케구로에게 맡겨 주십시오."

효고가 숙부의 마음을 헤아려 그렇게 말하자 무네노리가 말했다.

"빠른 편이 좋을 듯하구나."

그때 마침 기무라 스케구로가 옆방에 와서 무네노리에게 고했다.

"주군."

스케구로는 문서궤를 앞에 놓고 등불에서 멀리 떨어진 곳에 앉았다.

"무엇인가?"

무네노리가 묻자 스케구로는 자세를 고치며 고했다.

"방금 고향에서 방금 비찰飛札이 도착했습니다."

"비찰?"

무네노리는 뭔가 짐작이 가는 곳이라도 있는지 반문했다. 효고도 뭔가 짐작이 가는 것이 있었지만 입 밖으로 낼 수는 없어서 스케구로가 앞으로 내민 문서궤를 숙부의 손에 건넸다.

"어서 열어 보시지요."

무네노리는 편지를 받아 펼쳐 보았다. 야규 성에 있는 노신인 쇼다 기자에몬庄田喜左衛門이 보낸 서찰이었는데 급히 쓴 흔적이 역력했다.

대조大祖 세키슈사이 님 위독. 거듭해서 감기 기운이 겹쳐 황송하게도 조석으로 용태가 위태로우셨습니다. 하오나 대조께선 설혹 만일의 일이 생기더라도 다지마노가미는 장군 가의 대임을 맡은 몸이니 고향으로 와서는 안 된다고 말씀하셨습니다. 그러나 신하된 자로서 상의 끝에 우선 이렇게 비찰을 보내 알려드립니다.

"위독하시다고……."

무네노리도 효고도 이렇게 중얼거린 채 한동안 침묵하고 있었다. 효고는 무네노리의 표정을 보고 그가 벌써 결단을 내렸다는 것을 느꼈다. 숙부는 이런 경우에 처해서도 조금도 당황하거나 망설이지 않고 바로 마음의 결단을 내릴 수 있다는 것은 역시 숙부의 총명함에서 오는 것이라고 늘 감탄을 하곤 했다.

반면에 효고는 그저 감정만 앞서 조부의 죽은 얼굴과 고향의 가신들이 애통해하는 모습만 떠올라 올바른 판단을 내리지 못했다.

"효고."

"예."

"내 대신 지금 바로 네가 떠나야겠다."

"예, 알겠습니다."

"여기 에도에 대해서는 안심하시라고 말씀 올리거라."

"그렇게 전하겠습니다."

"병구완도 부탁하겠다."

"예."

"급히 보낸 걸 보니 용태가 위중한 듯하시다. 이젠 하늘의 뜻에 따를 뿐이니, 임종에 늦지 않도록 서두르거라."

"그럼……."

"바로 가려느냐?"

"홀몸인 것이 이런 때는 도움이 되는 듯합니다."

효고는 무네노리에게 잠시 시간을 청한 뒤 자신의 방으로 갔다. 그가 떠날 차비를 하고 있는 사이에 벌써 흉보가 온 집안에 퍼져서 사람들은 비통함에 잠겨 있었다. 어느 틈에 오츠도 여장을 꾸리고 몰래 효고의 방을 찾아 울면서 부탁했다.

"효고 님, 부디 저도 데려가 주십시오. 하다못해 세키슈사이 님의 머리맡에서 만분의 일이나마 입은 은혜를 갚고 싶습니다. 야규노 장에서도 깊은 은혜를 입고 에도의 저택에 머물 수 있었던 것도 필시 세키슈사이 님의 은혜라고 알고 있습니다. 부디 저도 데려가 주십시오."

효고는 오츠의 성격을 잘 알고 있었다. 숙부 같으면 거절했겠지만 그는 오츠의 청을 거절할 수가 없었다. 오히려 아까 무네노리의 말도 있고 해서 마침 좋은 기회일지도 모른다고 생각했다.

"알겠습니다. 그러나 촌각을 다투는 사안이니 말이나 가마를 타고 나를 따라올 수 있겠습니까?"

효고가 이렇게 다짐을 주자 오츠는 기쁜 듯 눈물을 닦으며 말했다.

"네. 아무리 빨리 가시더라도."

오츠는 이렇게 말하고 효고가 채비 하는 것을 서둘러 돕기 시작했다. 그 후 오츠는 무네노리의 방에 가서 자신의 심중을 이야기하고 그간의 은혜에 감사를 하며 인사를 했다.

"그대를 보면 병석에 계신 아버님도 분명 기뻐하실 게요."

무네노리는 반색을 하며 노잣돈과 옷가지 등을 내주며 위로해 주었다.

"몸조심하시오."

가신들은 문을 활짝 열어 놓고 양옆에 줄지어 서서 그들을 전송했다.

"다녀오겠네."

효고는 모두에게 인사를 하고 대문을 나섰다.

오츠는 옷자락을 짧게 치켜 올리고 삿갓과 지팡이를 들고 있었는데 만약 어깨에 등꽃을 얹기라도 했다면 오쓰에大津絵[10]에 나오는 '등꽃 아가씨藤娘'가 그림 속에서 나왔다고 여길 정도였다. 사람들은 내일부터 그녀의 아름다운 자태를 볼 수 없게 된 것을 서운해했다.

탈것은 가는 곳에서 구해 타기로 하고 밤이 되기 전에 산겐야三軒家 부근까지 가기로 하고 효고와 오츠는 히가구보를 출발했다. 효고는 우선 오야마大山 가도로 나간 다음 다마가와玉川에서 나룻배를 타고 도카이도東海道로 가자고 했다.

얇은 판자에 종이를 바르고 옻칠을 한 오츠의 삿갓은 벌써 밤이슬에 촉촉이 젖어 있었다. 풀이 무성한 다니마谷間 강을 따라가자 이윽고 길의 폭이 꽤 넓은 언덕이 나타났다.

"도겐道玄 언덕입니다."

효고가 혼잣말처럼 가르쳐줬다.

이곳은 가마쿠라 시대부터 간토 지방으로 통하는 요충지였기 때문에 길은 넓었지만 좌우에 수목이 울창하고 야트막한 산이 감싸고 있어서 밤이 되면 왕래하는 사람이 드물었다.

"무섭지 않소?"

앞장서 성큼성큼 걸어가던 효고가 가끔 걸음을 멈추고 기다렸다.

"아닙니다."

오츠는 그럴 때마다 빙긋 웃으며 걸음을 재촉했다. 오츠는 마음속으

---

10 에도 초기부터 오쓰大津 시의 명물로 알려진 민속화.

로 자신 때문에 야규 성에 도착하는 날짜가 조금이라도 늦어져서는 안 된다고 생각했다.

"이곳은 산적이 자주 출몰하던 곳이오."

"산적요?"

오츠가 다소 놀란 듯 눈을 크게 뜨자 효고가 웃으며 말했다.

"다 옛날 일이오. 와다 요시모리和田義盛 일족인 도겐 다로道玄太郎라는 사람이 산적이 되어 이 근처 동굴에서 살았다고 하오."

"그런 무서운 얘긴 그만하시지요."

"무섭지 않다고 하지 않았소?"

"심술궂으시군요."

"하하하하."

효고의 웃음소리가 어둠에 잠긴 사방으로 메아리쳤다. 어딘지 효고는 마음이 다소 들떠 있었다. 위독한 조부를 만나러 걸음을 재촉하는 와중에 죄송한 마음이 들기도 했지만 뜻하지 않게 오츠와 이렇게 동행하게 되어 기쁘기만 했다.

"어머!"

무엇을 보았는지 오츠가 놀라서 발걸음을 멈췄다.

"왜 그러시오?"

효고는 무의식중에 그녀의 등을 감쌌다.

"무언가 있어요."

"어디?"

"어린아이 같아요. 저기 길 옆에 앉아 있는데 뭘까요? 뭐라고 혼자 중얼거리며 소리치고 있는 것 같아요."

효고가 가까이 가서 보자 오늘 저녁 무렵, 오츠와 집으로 돌아가던 도중에 풀숲 속에 숨어 있던 아이였다. 효고와 오츠의 모습을 보자 무슨 생각이 들었는지 이오리는 벌떡 일어서더니 칼을 빼 들고 달려들었다.

"이얏!"

"어머!"

오츠가 비명을 지르자 이오리는 오츠에게 달려들었다.

"이놈의 여우, 각오해라."

상대는 어린 소년이었고 칼도 작았지만 얼굴 표정만큼은 무시할 수 없었다. 무엇엔가 홀린 듯 앞뒤를 가리지 않고 휘둘러 대는 칼끝에 효고는 한 발 뒤로 물러서지 않을 수 없었다.

"이놈의 여우! 여우!"

이오리는 노파처럼 쉰 목소리로 고함을 쳤다. 이상히 여긴 효고가 이오리의 칼을 피하면서 잠시 살펴보았다.

"어떠냐!"

이오리는 칼을 휘둘러 가늘고 긴 잡목 한 그루를 싹둑 잘랐다. 나무의 윗부분이 풀썩 하고 수풀 속으로 넘어가자 힘이 풀렸는지 털썩 주저앉아 어깨를 들썩이며 숨을 몰아쉬고 있었다.

"이놈의 여우, 맛이 어떠냐!"

효고는 그 꼴이 마치 적을 베고 몸을 부르르 떠는 듯한 모습과 똑같아서 고개를 끄덕이며 오츠를 돌아보고는 미소를 지었다.

"불쌍하게도 이 아이는 여우에게 홀린 모양이오."

"어머, 그리고 보니 저 무서운 눈은……."

"꼭 여우의 눈 같군."

"구해 줄 수 없을까요?"

"미치광이와 바보는 고칠 수 없지만 저 정도는 곧 고칠 수 있소."

효고는 이오리의 앞으로 가서 그의 얼굴을 가만히 노려보았다. 이오리는 눈을 치켜뜨더니 다시 칼을 잡고 소리쳤다.

"제길, 아직 살아 있었구나!"

이오리가 일어서려는 순간, 효고가 호통을 쳤다.

"이놈!"

효고는 갑자기 이오리를 옆구리에 끼고 내달리기 시작했다. 그렇게 언덕을 달려 내려가자 아까 건너온 다리가 있었다. 효고는 그 다리에서 이오리의 두 다리를 잡고 난간 아래로 거꾸로 매달았다.

"엄마!"

이오리는 목이 찢어져라 고함을 쳤다.

"아빠!"

효고가 놓아줄 생각을 하지 않자 마침내 울먹이며 외쳤다.

"선생님, 살려주세요!"

뒤늦게 쫓아온 오츠가 효고를 보더니 말렸다.

"안 돼요. 효고 님! 어린애한테 그런 가혹한 짓을 하시면……."

그러자 효고는 이오리를 다리 위에 다시 끌어 올린 후에 손을 놓았다.

"이젠 됐겠지."

이오리는 '우왕' 하고 큰 소리로 울기 시작했다. 이 세상에 자신의 울음소리를 들어 주는 사람이 한 명도 없는 것을 서러워하듯 목을 놓아 울었다. 오츠가 울고 있는 이오리의 곁으로 가서 어깨에 손을 얹고 물었다.

"넌 어디 사니?"

이오리는 훌쩍이면서 손가락으로 가리켰다.

"저쪽."

"저쪽이라니 어디?"

"에도."

"에도 어디?"

"거간꾼 거리요."

"어머, 그렇게 먼 데서 무엇 하려고 여기까지 왔니?"

"심부름 왔다가 길을 잃었어요."

"그럼 낮부터 헤매고 있었구나?"

"으응."

이오리는 고개를 저으며 조금 진정된 목소리로 대답했다.

"어저께부터요."

"뭐, 이틀이나 헤매고 있었다고?"

오츠는 하도 딱해서 웃을 수도 없었다.

"그런데 어디에 심부름을 가는 거니?"

이오리는 물어 주기를 기다렸다는 듯이 대답했다.

"야규 님."

그리고 그것만은 목숨을 걸고서라고 지켜야 할 물건인 것처럼 허리
춤에서 꼬깃꼬깃 구겨진 편지를 꺼내서 별빛에 글씨를 비춰 보며 덧
붙였다.

"야규 님 댁에 있는 기무라 스케구로라는 분에게 이 편지를 가지고
가는 거예요."

이오리가 오츠의 눈앞에서 쥐고 있는 구겨진 편지는 그녀에게는 칠
석날의 견우와 직녀가 만나는 것보다 얻기 어려운, 하늘이 내려 준 기
회였다. 그러나 그녀는 별 관심이 없는 듯 바라보기만 할 뿐 편지를
보려고 하지 않았다.

"효고 님, 이 아이가 저택의 기무라 님을 찾아가는 길이랍니다."

오츠는 그렇게 말하고 다른 곳으로 얼굴을 돌리고 말았다.

"전혀 엉뚱한 곳에서 헤맨 게로구나. 하지만 얘야, 이제는 가깝다. 이
개천을 따라 얼마 동안 가면 왼편에 언덕길이 있다. 그 세 갈래 길에
서 보면 두 그루의 큰 소나무가 보는 곳을 향해 가거라."

"또 여우에게 홀리면 않도록 조심하고."

오츠가 주의를 주자 이오리는 그제야 눈앞의 안개가 걷히고 자신감
을 얻은 듯했다.

"고맙습니다."

이오리는 인사를 하고 시부야 천을 따라 조금 뛰어가다 걸음을 멈추고 물었다.

"왼쪽이죠? 왼쪽으로 올라가는 거죠?"

"그래!"

효고는 고개를 끄덕이며 외쳤다.

"어두운 곳이 있으니 조심해서 가거라!"

더 이상 대답하는 소리도 들리지 않았고 이오리의 모습은 수풀이 우거진 언덕길 속으로 사라져 버렸다. 효고와 오츠는 다리의 난간에서 멀어져 가는 이오리의 모습을 바라보고 있었다.

"꼬마가 영악하군."

"똑똑한 구석이 있는 아이예요."

그녀는 마음속으로 조타로를 떠올렸다. 그녀가 기억하는 조타로는 지금 만난 이오리보다 키가 다소 컸지만 손꼽아 세어 보니 벌써 열일곱 살이었다.

'어떻게 변했을까?'

그리고 무사시를 떠올린 오츠는 가슴 한쪽이 아파왔다.

'어쩌면 이번 여행에서 우연히 만날지도 몰라.'

오츠는 요즘 들어 그렇게 부질없는 희망에 의지해서 아픔을 견뎌 내고 있었다.

"자, 갑시다. 오늘 밤은 어쩔 도리가 없었지만 앞으로는 이렇게 길가에서 한눈을 팔 시간이 없을 게요."

효고는 자신에게 타이르듯 말했다. 효고 자신도 자신에게 그런 단점이 있다는 사실을 깨닫고 있는 듯했다.

# 부모은중경

"할머니, 공부하세요?"

방금 밖에서 돌아온 주로는 오스기의 방을 들여다보고 탄복한 표정을 지었다. 한가와라 야지베의 집이었다.

"으응."

오스기는 돌아보며 건성으로 대답을 하고 시끄럽다는 듯 다시 붓을 들고 무언가를 쓰기에 여념이 없었다. 주로가 슬쩍 옆에 앉으며 중얼거렸다.

"뭔가 했더니 경문經文을 옮겨 쓰고 계셨군요."

오스기는 들은 척도 하지 않았다.

"나이 먹고 이제 와서 글공부를 해서 뭐 하게요? 저세상에 가서 글선생이라도 되려고요?"

"시끄럽다. 경문을 베끼는 사경寫經은 무아지경에서 해야 하니 저리

가거라."

"오늘 밖에서 할머님이 솔깃할 만한 일이 있어서 서둘러 얘기해 드
리려고 돌아왔는데."

"나중에 들으마."

"언제 끝나요?"

"한 자 한 자 보살의 심경으로 정성껏 써야 하니 한 권을 베끼는 데
도 사흘이 걸린다."

"보통 일이 아니군."

"사흘은커녕 올 여름에는 몇 십 권을 써야 한다. 또 목숨이 붙어 있
는 한 천 권을 베껴서 세상의 불효자식들에게 남겨 주고 가려고 하는
게다."

"천 권씩이나요?"

"그것이 내 남은 바람이다."

"그 베낀 경문을 불효자식에게 남기고 싶은 이유가 대체 뭐죠? 자랑
은 아니지만 이렇게 뵈도 불효라면 나도 누구에게 지지 않는데요."

"너도 불효자냐?"

"이 집안에서 굴러다니는 건달들은 모두 불효막심한 자들이죠. 효
자는 한가와라 님 정도밖에 없을 겝니다."

"말세로군."

"하하하, 할머니의 눈치를 보니 할머님 아들도 건달인 듯하군요."

"그놈이 바로 부모를 울리는 불효자식의 표본 같은 놈이다. 세상에

마타하치 같은 불효막심한 놈이 또 있을까, 하고 생각하다 이《부모은
중경父母恩重經》사경을 떠올리고 세상의 불효자식들이 읽게 하려고 계
획을 세웠는데 세상에 불효자식들이 그렇게나 많단 말이냐?"

"그럼 그《부모은중경》이라는 것을 천 권이나 베껴서 천 명에게 나
누어 줄 생각이세요?"

"한 사람에게 보시의 마음을 심으면 백 명의 사람을 교화시키고, 백
명에게 보시의 마음을 심으면 천만 명을 교화시킨다고 하니 내 비원
은 그렇게 작은 것이 아니란다."

오스기는 붓을 놓고 한쪽에 쌓아 둔 여섯 권의 사경 중에서 한 권을
뽑아 엄숙한 태도로 건넸다.

"이걸 네게도 하나 줄 터이니 시간이 날 때 읽어 보시게."

주로는 지나치게 진지한 오스기의 얼굴을 보고 웃음이 터질 뻔했지
만 휴지처럼 주머니에 쑤셔 넣을 수도 없어서 공손하게 받아 드는 체
하며 급히 화제를 돌렸다.

"할머니, 그런데 할머니의 신심이 하늘에 닿았는지 오늘 밖에서 유
명한 놈을 만났습니다."

"뭐? 유명한 놈이라니?"

"할머니가 원수를 갚기 위해 찾고 있는 미야모토 무사시라는 놈 말
이에요. 스미다 강 나루터에서 내려오는 것을 보았소."

"뭐, 무사시를 보았다고?"

그 말을 들은 오스기는 이젠 사경 따윈 안중에도 없는지 탁자를 밀

면서 물었다.

"그래, 어디로 갔는가? 놈의 행선지는 알아 놓았겠지?"

"그야 당연한 말씀. 그자와 헤어진 뒤 골목에 숨어서 뒤를 밟았더니 거간꾼 거리의 여인숙으로 들어갔습니다."

"흐음, 그럼 이곳 다이쿠초大工町에서는 엎드리면 코 닿을 데로군."

"그렇게 가깝지도 않습니다."

"아니다. 가까워, 가깝고말고. 이때까지 전국 각지를 돌면서 몇 개의 산과 강을 사이에 두고 멀리 떨어져 있다고 생각하고 있었는데 이렇게 같은 곳에 있지 않은가."

"하긴 거간꾼 거리도 니혼바시 안에 있고 다이구초도 니혼바시 안이니 멀다고 할 수 없죠."

오스기는 벌떡 일어서서 벽장을 열고 대대로 내려오는 짧은 단검을 꺼내 들었다.

"주로, 안내해 주게."

"어디로요?"

"뻔하지 않은가?"

"성미도 급하십니다. 지금 당장 거간꾼 거리로 가시겠단 말이에요?"

"아무렴. 늘 각오는 하고 있었다. 내가 죽으면 유골은 미마사카의 요시노고, 혼이덴가로 보내 주게."

"잠깐 기다리세요. 만약 그리 된다면 애써 좋은 소식을 가지고 왔는데 내가 큰형님에게 혼이 날 거예요"

"이것저것 생각할 시간이 없다. 무사시가 언제 여인숙을 떠날지 모르네."

"그 점은 안심하세요. 방에 뒹굴고 있던 녀석에게 망을 보게 해 놓았으니."

"그럼 도망을 치면 임자가 책임지겠나?"

"이건 주객이 전도됐군. 할 수 없지. 내가 보증할게요, 보증해."

주로는 오스기를 진정시켰다.

"이런 때일수록 침착하게 경전이나 베끼고 있는 것이 좋을 겝니다."

"야지베 님은 오늘도 집을 비우셨는가?"

"큰형님은 계원들을 만나러 자치부에 있는 미쓰미네三峰에 갔으니 언제 오실지 몰라요."

"그럼 언제 기다렸다가 상의를 하겠는가?"

"그럼 사사키 님을 불러서 의논을 해 보는 게 어떨까요?"

이튿날 아침, 거간꾼 거리에서 무사시를 감시하던 젊은 자의 말에 의하면 무사시는 어젯밤 늦게까지 여인숙 앞에 있는 칼 가는 집에 가서 오랫동안 이야기를 나누더니 오늘 아침엔 여인숙에서 나와 그곳 이 층으로 옮겼다는 것이다.

"그것 보게 그놈도 살아 있는 인간이니 언제까지나 한 곳에 있을 것 같은가?"

오스기는 아침부터 더욱 안절부절 못하며 한시도 가만히 앉아 있지 못했지만 한가와라 집의 사람들이나 주로는 그런 오스기의 성격을 잘 알고 있어서 전혀 개의치 않았다.

주로가 말했다.

"아무리 무사시라도 날개가 달린 것도 아닌데 그리 조급해할 필요는 없습니다. 나중에 고로쿠가 사사키 님에게 가서 상의를 하고 온다고 하니 말입니다."

"뭐라? 어젯밤에 고지로 님에게 간다더니 아직도 안 간 겐가? 필요 없네. 내가 직접 갈 터이니 고지로 님 거처가 어딘지나 알려 주게."

오스기는 방에서 급히 나갈 채비를 하기 시작했다.


"사사키 고지로의 거처는 호소가와 번의 중신인 이와마 가쿠베의 저택 안에 있습니다. 그 이와마의 사택은 다카나와高輪 가도에 있는 이사라고伊血子 언덕 중턱에 있는데, 흔히 '달의 곳'이라고도 불리는 높은 누각입니다. 그리고 대문은 붉은 칠을 했습니다."

방에 있던 자가 눈을 감고도 갈 수 있을 만큼 상세하게 일러 주자 오스기는 젊은 사람들이 자신이 늙어 길눈이 어두울 것이라고 그러는 것이라 받아들였다.

"알았네, 알았어. 눈 감고도 찾을 수 있겠군. 다녀올 동안 뒤를 부탁하네. 한가와라 님도 안 계시니 특히 불조심하고."

오스기는 짚신을 신고 지팡이를 짚고 허리에 단검을 찬 뒤 집을 나섰다. 잠시 후, 주로가 방에서 나오더니 집 안을 둘러보며 물었다.

"어, 할머니는?"

"벌써 나가셨습니다. 사사키 님 주소를 가르쳐 달라기에 일러 주었더니 방금 서둘러 나가셨습니다."

"못 말리는 할머니라니까. 고로쿠 형님."

주로가 넓은 방을 향해 소리치자 노름을 하고 있던 고로쿠가 뛰어나오며 대답했다.

"동생, 무슨 일인가?"

"뭐고 나발이고 형님이 간밤에 사사키 선생께 가지 않아서 할머니가 화를 내고 혼자 가 버렸잖아요."

"직접 갔으면 됐잖아."

"그렇지 않아요. 큰형님이 돌아오면 할멈이 고자질할 게 틀림없소."

"구변은 좋으니까."

"게다가 사마귀처럼 바싹 말라서 성질만 앞세우다 말에 밟히기라도 하면 그 길로 황천행일 게요."

"거 참 성가시군."

"안됐지만 방금 나갔으니 얼른 뒤따라가서 고지로 선생 댁까지 데려다 주고 오시오."

"내 부모에게도 그렇게 한 적이 없는데 이거 참."

"그러니 속죄하는 셈 치고 말이오."

고로쿠는 노름을 하다말고 허둥지둥 오스기의 뒤를 쫓아갔다. 주로는 웃음을 참으면서 젊은이들 방에 들어가 한쪽 구석에 벌렁 드러누워 잠을 잤다. 방은 다다미가 서른 장이나 깔려 있는 넓은 방이었는데 골풀로 짠 멍석이 깔려 있고 대도大刀, 창, 갈고리가 달린 봉 등이 손만 뻗으면 닿을 곳에 수없이 놓여 있었다. 판벽에는 이 방에서 기거하는 건달들이 쓰는 수건과 옷가지와 불이 났을 때 쓰는 두건 등이 못에 걸린 채 너절하게 있었는데 그 중에는 아무도 입을 리가 없는 붉은 비단으로 지은 여자의 옷도 있었고, 금은 가루를 뿌려 만든 칠기 경대도 하나 있었다.

어느 날 누군가 그것을 보고 경대를 치우려고 하자 사사키 선생님이 걸어 둔 거라 치우면 안 된다고 말했다. 그가 이유를 묻자 사내가 설명했다.

"큰 방에 사내들만 득실거리면 평소에 너무 살벌하고 싸움만 하게 되고 정말로 목숨을 걸고 싸워야 할 때는 도움이 되지 않는다고 큰형님께 말하는 걸 들었네."

그러나 여자 옷과 칠기 경대 정도로 이 방의 살벌한 분위기가 수그러질 리가 없었다.

"야, 속임수 쓰지 마."

"누가?"

"너 말이야"

"닥쳐. 내가 언제 속였다고?"

"그만, 그만."

지금도 큰 방 한가운데에서는 한가와라가 집을 비운 틈을 타서 노름판을 벌이고 있는 자들 눈에서 뭉클뭉클 살기가 피어오르고 있었다.

주로는 그 꼴을 보고 혀를 찼다.

"정말 못 말리는 놈들이군."

그러고는 발을 꼰 채로 천장을 보며 드러누웠지만 승패가 날 때마다 하도 시끄럽게 구는 바람에 잠을 잘 수 없었다. 그렇다고 해서 자신보다 젊은 놈들 틈에 끼어 노름을 할 수도 없는 처지여서 눈을 감고 있으려니 돈을 다 잃은 자가 침울한 얼굴로 옆에 와서 벌렁 자빠졌다.

"쳇, 오늘은 재수가 없군."

하나둘씩 주로 쪽으로 와서 드러눕는 이들은 모두 돈을 잃은 자들이었다. 그중 한 명이 주로에게 불쑥 말했다.

"형님, 이게 뭡니까?"

주로의 품속에서 떨어진 경문 한 부를 들더니 물었다.

"불경 아닙니까? 돈도 안 되는 걸 가지고 있군요. 부적이오?"

겨우 잠이 들려던 주로가 부스스 눈을 뜨며 말했다.

"그건 혼이덴 할머니가 비원을 품고 평생 동안 천 권을 베껴 쓰겠다는 사경이다."

"어디."

글을 좀 아는 듯싶은 자가 뺏어들었다.

"정말 할머니 필적이군. 애들도 읽을 수 있도록 읽는 법까지 달아 놓았는데."

"그럼 너도 읽을 수 있느냐?"

"이까짓 것 못 읽을까 봐요?"

"어디 가락을 넣어서 아름다운 목소리로 읊어 다오."

"농담도, 이게 뭐 노랜 줄 아슈?"

"이놈아, 먼 옛날엔 경문을 그대로 노래로 불렀다고도 하는데 그것과 다를 게 뭐 있겠느냐."

"이건 가락을 붙일 수가 없다고요."

"그럼 아무렇게나 읊어 보거라. 얼어터지기 전에."

"어디 그럼."

사내는 벌렁 드러누워 경문을 얼굴 위에 펴 들고 읊기 시작했다.

불설佛說 부모은중경父母恩重經

이와 같이 내가 들었노니, 어느 날 부처님께서 왕사성王舍城 기사굴耆闍崛 산중에서 이천 오백 비구, 비구니와 삼만 팔천 보살마하살과 함께 계시었다.

"뭐야, 비구니는 근래 얼굴에 흰 칠을 하고 게이세이마치傾城町에서 몸을 파는 여자들 아니야?"

"쉿, 조용히 해!"

이때, 부처님께서 이르시길 세상의 선남선녀여, 아버지에게 자은慈恩이 있고 어머니에게는 비은悲恩이 있으니 사람이 세상에 태어남은 숙업宿業의 인因과 부모의 연緣이니라.

"부모 이야기로군. 부처님도 뻔히 다 아는 얘기밖에 할 줄 모르나 보군."

"다케武! 시끄럽다."

"그냥 잠자코 듣고 있어."

"알았어. 이젠 조용히 할 테니 다음을 읊어 봐. 좀 더 가락을 붙여서⋯⋯."

아버지가 없으면 태어나지 못하고 어머니가 없으면 자라지 못하니,
이로써 기氣는 아버지에게 씨를 받고 형形은 어머니의 태내에서 이룩
되니라.

벌렁 드러누워서 경문을 읽던 사내가 손가락으로 콧구멍을 후비며 계속 읽었다.

이 인연으로 인해 어머니가 자식을 생각함이 이 세상에 비길 데 없고
그 은혜는 무엇으로 가늠하리.

이번에는 모두가 잠자코 있자 사내는 흥이 나지 않는 듯했다.

"다들 듣고 있나?"

"듣고 있어."

처음에 아이를 배고부터 열 달이 지나는 동안 행行, 주住, 좌座, 와臥 어느 하나 고통이 아닌 것이 없고 한시도 괴롭지 아니할 때가 없으니, 늘 좋아하는 음식과 의복이 생겨도 탐내는 일 없으며 오로지 아이만을 생각하네.

"지친다. 그만 됐지?"
"잘 듣고 있는데 왜 멈춰. 더 읊어!"

달이 차고 날이 되어 산달이 되면 업풍業風이 불어 생산을 재촉해서 뼈마디마디가 쑤시고 아프네. 아버지도 몸과 마음이 떨리고 두렵고 모자를 염려하며, 일가 친족 모두 애를 태우네. 아이가 태어나면 부모는 한없어 기뻐함이 가난한 여인이 여의주를 얻은 듯하네.

처음에는 장난으로 듣던 자들도 차차 그 의미를 헤아릴수록 넋을 잃고 귀를 기울이고 있었다.

아이가 첫울음을 울면 어머니도 함께 세상에 새로 태어난 듯 그 이후로 어머니의 품이 잠자리가 되고 무릎은 놀이터가 되며 젖은 양식이 되고 정은 생명이 되네. 어머니가 없으면 입지도 벗지도 못하고 어머니는 굶어도 입안의 것을 뱉어 아이에게 먹이며 어머니는 열 손가락의 손톱 밑 때도 마다하지 않고 먹네. (······) 어머니의 모유를 하루에 여덟 번을 먹으니 부모의 깊은 은혜는 하늘에 닿을 듯하구나.

"……."

"어이, 왜 그래?"

"금방 다시 읽을게."

"어어, 우는 거야? 울먹이며 읽는구나."

"시끄러!"

사내는 허세를 부리며 계속했다.


어미는 동서東西의 이웃 마을에 품을 팔러 가서 어떤 때는 물을 긴고, 어떤 때는 불을 때고, 어떤 때는 방아를 찧고, 어떤 때는 맷돌을 가네. 집으로 돌아오는 길에도 아이가 집에서 울며 자신을 부르고 있다는 생각을 하면 가슴이 뛰고 마음이 아파 가슴의 젖이 흘러넘치네. 서둘러 뛰어가 집에 이르자 아이가 멀리서 어머니의 모습을 보고 머리를 흔들고 손을 저으며 어머니를 향해 울음을 터뜨리네. 어머니는 몸을 굽혀 두 손을 내밀고 아이에게 입을 맞추니 두 마음이 하나가 되어 은 애憫愛가 넘치니 이보다 더한 것은 없을 것이로다. 두 살이 되면 비로소 어머니의 품을 떠나 처음으로 걸으니 아버지가 없으면 불에 데는 지도 모르고 어머니가 없으면 칼에 손가락이 다친다는 것도 모르네. 세 살이 되면 젖을 떼고 처음으로 밥을 먹으니 아버지가 없으면 독으로 목숨을 잃는지도 모르고 어머니가 없으면 약으로 병이 낫는 것도 모르네. 부모가 다른 집에 가서 진수성찬을 얻으면 자신들은 먹지 않고 품 안에 넣고 돌아와 아이를 부르며 먹이니 아이는 기뻐만 하는구나.


"어이, 또 우는 게냐?"

"왠지 부모님 생각이 나서."

"네가 훌쩍이며 읊으니 나까지 눈물이 나잖아."

그들에게도 부모가 있었다. 난폭하며 목숨 귀한 줄 모르고 방 안에서 뒹굴며 하루하루 살아가는 그들도 저 혼자 태어난 자식들이 아니었다. 다만 그들은 평소에 부모에 대해 이야기라도 할라치면 사내답지 못하다거나 하며 타박을 받고 따가운 눈총을 받았다.

그런데 부모가 문득 그들의 마음 깊은 곳에서 되살아나자 갑자기 분위기가 음울해졌다. 처음에는 장난치듯 가락을 넣어서 흥얼거리며 읊던 《부모은중경》이 알아듣기 쉽고 점점 그 뜻을 이해할 수 있게 되자 자신들에게도 부모가 있다는 것을 깨닫게 되었다. 자신들이 어머니의 젖을 빨고 아버지의 무릎에서 놀던 시절의 동심으로 돌아가서, 비록 지금은 모두 팔베개를 하거나 드러누워 천장을 향해 발바닥을 보이며 발을 꼬고 있거나 장딴지를 드러내 놓고 뒹굴고 있었지만 어느 순간부터 눈물을 흘리는 자가 적지 않았다.

"어이."

한 명이 사내에게 말했다.

"아직 더 있나?"

"있네."

"그럼 더 해 보게."

"잠깐만."

사내는 벌떡 일어나더니 휴지로 코를 풀고 나서 이번에는 앉아서 읊기 시작했다.

자식이 점점 자라서 벗과 어울리게 되면 아버지는 자식에게 옷을 구해 주고 어머니는 아이의 머리를 빗겨 주며 자신이 아끼던 것을 모두 자식에게 주고 자신은 헌옷을 입고 누더기를 걸치네. 자식이 혼기가 차서 남의 딸을 아내로 맞이하면 부모를 점점 멀리하고 자신들끼리 방에 틀어박혀 즐거워하네.

"음, 맞는 말이군."

누군가 고개를 끄덕였다.

부모가 나이를 먹어 기력이 쇠하면 의지할 곳은 오직 자식뿐이거늘 아침부터 저녁까지 한 번도 부모를 찾지 않고 한밤중에 장지문으로 들어오는 차가운 바람에 몸이 편치 않아 마치 외로운 객지에서 기거하는 것 같구나. 또 어떤 때는 급한 일이 있어 자식을 부르려 하면 열 번을 불러 아홉 번을 오지 않다 마지막에 와서는 안부를 묻기는커녕 오히려 화를 내며 늙어 오래 사는 것보다 빨리 죽는 것이 낫다는 듯 말하네. 그 말을 들은 부모의 가슴은 미어지고 눈에는 눈물이 흐르며 눈앞이 캄캄해져 이르길 아아, 네가 어릴 때 내가 없었으면 태어나지 못했고 내가 없었으면 자라지 못했음을, 아아 내가 너를 어떻게 키웠는데…….

"난, 난 이제 더 못하겠으니 누가 대신 읽게."

사내는 경문을 내던지고 울음을 터뜨렸다. 누워 있는 사내도, 땅바닥에 머리를 대고 있는 사내도, 책상다리를 하고 앉아서 머리를 푹 숙이고 있는 사내도 어느 누구도 말을 하는 자가 없었다. 같은 방의 맞은편에서 눈에 불을 켜고 노름을 하고 있던 자들도 코를 훌쩍이며 울고 있었다.

문턱에 서서 그 기묘한 방안의 풍경을 둘러보던 사사키 고지로가 모두에게 물었다.

"한가와라는 아직 돌아오지 않았는가?"

# 오동나무
# 숲

한쪽에서는 노름판을 벌려 놓고 있었고 또 한쪽에서는 눈물을 찔끔거리며 아무도 대답을 하지 않자 고지로가 양 손으로 얼굴을 감싸고 벌렁 드러누워 있는 주로에게 가서 소리쳤다.

"대체 무슨 일이냐?"

주로가 허둥지둥 눈물을 닦으며 일어서서 부끄러운 듯 인사를 하자 다른 자들도 따라서 인사를 했다.

"오셨는지 몰랐습니다."

"울고 있지 않는가?"

"아닙니다. 울기는요."

"이상한 녀석들이군. 고로쿠는?"

"오스기 할머니와 방금 선생님 거처로 갔습니다."

"나에게?"

"네."

"혼이덴 할머니가 내 거처에 무슨 볼일로 갔는가?"

고지로가 나타나자 노름에 빠져 있던 자들은 급히 자리를 떠났고 주로 옆에서 훌쩍이던 자들도 슬금슬금 모습을 감췄다. 주로는 어제 나루터 입구에서 무사시와 만난 이야기를 했다.

"마침 큰형님도 안 계시고 해서 우선 선생님과 의논을 하려고 가셨습니다."

무사시라는 말을 듣자 고지로의 눈은 이글거리듯 타올랐다.

"으음, 허면 무사시는 지금 거간꾼 거리에 머물고 있는가?"

"아닙니다. 여인숙에 있다가 그 앞에 위치한 칼 가는 고스케 집으로 옮겼답니다."

"이상하군."

"뭐가 이상합니까?"

"고스케에게 내 애검인 호시모노자오를 갈아 달라고 맡겨 놓았는데."

"네? 선생님의 장검을요? 그거 참 기연입니다."

"실은 오늘쯤에는 다 되었을 것 같아 찾으러 가려던 참이었다."

"그럼 고스케의 가게에 들렀다 오셨습니까?"

"여기부터 들렀다 가려던 참이었다."

"다행입니다. 선생님이 멋모르고 가셨더라면 무사시가 먼저 선수를 쳤을지도 모릅니다."

"무사시와 같은 자를 두려워할 내가 아니다. 그건 그렇고, 할머니가 없으면 아무런 의논도 할 수가 없겠군."

"아직 이사라고伊血子까지는 못 갔을 테니 발이 빠른 자를 보내서 불러 오겠습니다."

고지로는 안쪽에서 기다렸다. 이윽고 등잔불을 켤 무렵, 고로쿠와 마중을 갔던 자가 오스기를 가마에 태우고 허둥지둥 돌아왔다.

그날 밤, 고지로는 한가와라 야지베가 돌아오는 것을 기다리지 않고 자신이 오스기를 도와 반드시 무사시를 해치우겠다고 했다. 주로와 고로쿠는 비록 무사시가 고수라는 소문을 듣고 있었지만 고지로에게는 당해 내지 못할 거라고 생각했다.

"그럼 처치하시겠습니까?"

오스기는 반색을 했다.

"아, 정말이오?"

하지만 오스기도 나이만은 이길 수 없는 듯 이사라고까지 갔다 와서 힘이 드는지 허리가 아프다고 했다. 그래서 고지로는 칼을 찾으러 가는 것도 미루고 내일 저녁까지 기다리기로 했다.

이튿날 점심, 오스기는 목욕을 한 뒤 이와 머리를 까맣게 물들이고는 해질녘이 되자 부산하게 준비를 하기 시작했다. 오스기가 수의로 준비한 하얀 무명옷에는 전국의 신사와 불각의 인장印章이 무늬처럼 찍혀 있었다.

오스기는 나니와浪華의 스미요시 신사, 교토의 청수사, 오토코야마 하치만구男山八幡宮, 에도의 아사쿠사의 관세음, 그 밖에 전국 각지의 신사와 사찰에서 받은 문장이 바로 지금 자신을 지켜 줄 것이라고 믿고 있는지 철갑옷을 입는 것보다 더 마음 든든해했다. 그럼에도 아들인 마타하치에게 쓴 유서를 몸에 지니는 것은 잊지 않았다. 오스기는 자신이 직접 베낀 《부모은중경》과 유서를 함께 넣어서 간직했던 것이다. 아니, 그보다 더 놀라운 점은 그녀의 돈주머니 속에는 항상 다음과 같이 쓴 종이 한 장이 들어 있다는 사실이었다.

이 몸은 노령에도 불구하고 대망을 품고 유랑하는 몸이라 언제 원수에게 죽임을 당할지 모르고, 또 길 위에서 병이 들어 죽을지도 모르니 그때에는 가련히 생각해서 이 돈으로 장례를 적절히 처러 주길 길 위의 어진 이와 관인官人께 부탁을 올립니다.

사쿠슈 요시노고 향사 혼이덴가의 부인, 오스기

이렇게 자신의 유골을 보낼 고향까지 세심하게 마음 쓰고 있었던 것이다.

오스기는 허리에 칼을 차고 다리에는 하얀 각반을 감고 손에는 수갑手匣까지 한 다음, 민소매 위에 허리끈을 단단히 동여맸다. 채비를 끝낸 그녀는 자신이 방에서 사경을 하던 책상 위에 물 한 그릇을 떠 놓고 마치 살아 있는 사람에게 고하듯 잠시 눈을 감고 있었다.

"다녀오겠소."

아마도 객사한 곤로쿠 숙부에게 고하는 모양이었다. 그때 주로가 장지문 틈으로 안을 엿보며 물었다.

"할머니, 멀었나요?"

"준비 말인가?"

"슬슬 때가 된 듯하고 고지로 님도 기다리십니다."

"다 되었네."

"그럼 이쪽 방으로 와 보세요."

그 방에는 사사키 고지로와 고로쿠, 주로 외에 세 명이 모두 채비를 마치고 기다리고 있었다. 오스기는 그녀를 위해 비워 둔 상좌에 가서 앉았다.

"출전하기 전 축배입니다."

고로쿠가 잔을 들어 오스기 손에 건넨 뒤 술병을 들어 술을 따랐다. 차례로 술잔을 받은 네 사람은 잔을 비운 후 등잔불을 끄고 방을 나섰다. 다른 자들도 서로 같이 가겠다며 나섰지만 오히려 사람이 많으면 거추장스럽고 또 아무리 밤이라고는 하지만 사람들의 이목도 있다며 고지로가 그들을 물리쳤다.

"잠깐 기다리십시오."

문을 나서는 네 사람 뒤에서 사내 한 명이 부싯돌을 켰다. 어둠 속 어느 곳에서 두견새가 울고 있었고 하늘에는 비구름이 깔려 있었다. 어둠 속에서 개가 계속해서 짖어 댔다. 짐승의 눈에도 네 사람의 모습이 어딘지 심상치 않게 보이는 모양이었다.

"어?"

고로쿠가 어두운 네거리에서 뒤를 돌아보았다.

"고로쿠, 왜 그래?"

"이상한 녀석이 아까부터 뒤를 따라오는 것 같아서."

"하하하, 남아 있던 젊은 녀석들이겠지. 같이 데려가 달라고 조르던 녀석이 한둘이 아니었잖아."

"못 말리는 녀석들이군. 칼싸움이라면 밥보다도 좋아하는 녀석들이니. 어떻게 하죠?"

"내버려 둬라. 오지 말라고 호통을 쳐도 따라오는 녀석이라면 믿음직스러운 데가 있군."

네 사람은 더 이상 신경 쓰지 않고 거간꾼 거리 모퉁이로 접어들었다.

"저기군. 고스케의 가게가."

고지로는 멀리 떨어져서 맞은편 처마 밑에 서 있었다.

"선생님, 오늘 처음 오신 건가요?"

그들은 목소리를 낮춰 고지로에게 물었다.

"칼은 이와마 가쿠베 님이 맡겼으니."

"그럼 어떻게 하실 겁니까?"

"아까 말한 대로 할머니와 너희들은 저쪽 어딘가에 숨어 있어라."

"그러다 자칫 무사시가 뒷문으로 도망치지 않을까요?"

"괜찮다. 무사시와 나는 자존심 때문이라도 뒷모습을 보일 수는 없는 사이이다. 만일 도망을 친다면 무사시는 무사로서의 생명을 잃게 될 것이다. 또 무사시는 도망칠 정도로 생각이 없는 사내가 아니다."

"그럼 우리들은 처마 아래 양쪽에 있을까요?"

"내가 집 안에 들어가 무사시를 데리고 나란히 걸어 나오겠다. 한 열 걸음쯤 걷다가 내가 불시에 칼을 뽑아 칠 테니 그때 할머니가 달려들도록 하는 게 좋을 것이오."

오스기는 몇 번이나 합창을 하며 절을 했다.

"고맙습니다. 고지로 님의 모습이 부처님처럼 보입니다."

자신의 그림자를 밟으며 즈시노 고스케의 집 앞까지 걸어가는 고지로의 마음속에는 남들이 상상하기 어려울 정도로 자신의 행동에 대한 정의감으로 가득했다. 처음부터 그와 무사시 사이에는 원한이라고 할 만한 것은 전혀 없었다. 단지 무사시의 명성이 높아지는 것이 고지로는 어쩐지 달갑지 않았고 무사시 역시 고지로의 사람됨보다는 실력을 인정하고 있었기 때문에 남달리 경계심을 가지고 그를 대하던 상태가 몇 년 전부터 이어져 오고 있었다. 당초에는 서로가 아직 젊어서 패기와 혈기에 차 있었고 실력이 호각인 사람들 사이에 생기기 쉬운 마찰에서 빚어진 감정의 대립에 지나지 않았다.

하지만 돌이켜보면, 교토 요시오카가의 문제를 시작으로 아케미와의 관계, 그리고 지금 다시 혼이덴가의 오스기로 인해, 무사시와 고지로의 관계는 원한이라고 할 수는 없지만 결코 다시는 건널 수 없는 깊은 강과 같은 사이가 되고 말았다. 더욱이 고지로가 오스기의 신념을 자신의 신념으로 그대로 받아들이게 된 지금, 그는 자신의 일그러진 감정을 약자를 돕는다는 행동으로 정당화시키고 있었다. 결국 두 사람의 상극相剋은 숙명이라고밖에 할 수가 없었다.

"주인장, 주인장!"

고지로는 고스케의 가게 앞에 서서 닫혀 있는 문을 가볍게 두드렸다. 문틈으로 불빛이 새어 나오고 있었다. 고지로는 인기척은 없었지만 고스케가 아직 잠을 자고 있지 않다는 것을 알아차렸다.

"누구시오?"

주인인 듯했다. 고지로가 문 밖에서 말했다.

"호소가와가의 이와마 가쿠베 님을 통해 칼을 부탁한 사람이오."

"아, 그 장검 말이군요?"

"맞소. 열어 주시게."

"예."

잠시 후 문이 열리고 두 사람은 서로를 훑어보았다. 고스케가 문에 선 채 무뚝뚝하게 말했다.

"아직 다 갈지 못했습니다만."

"그런가?"

고지로가 이렇게 대답했을 때에는 벌써 안으로 들어가 토방 옆에 있는 방의 마룻귀틀에 걸터앉은 뒤였다.

"언제 되는가?"

"글쎄요."

고스케는 자신의 볼을 잡아 늘이면서 대답했다. 안 그래도 긴 얼굴이 한층 늘어나서 눈꼬리가 아래로 처졌다. 그 모습이 어쩐지 사람을 조롱하는 것처럼 보여서 고지로는 다소 언짢아졌다.

"너무 오래 걸리는 것 아닌가?"

"그래서 이와마 님께도 기한은 제게 맡겨 달라고 미리 말씀드렸습니다만."

"너무 오래 걸리면 곤란한데."

"곤란하시다면 가지고 가시죠."

"뭐?"

칼을 가는 직인 따위가 할 말투가 아니었다. 고지로는 그의 언동만 보고 그의 심중을 살피려 하진 않고 자신이 온 것을 눈치 챈 무사시가 뒤에 있는 것을 믿고 자신에게 허세를 부리고 있다고 생각했다. 고지로는 이렇게 된 이상 빠른 편이 좋다고 생각한 듯 고스케에게 물었다.

"그건 그렇고, 그대 집에 사쿠슈의 미야모토 무사시 님이 머물고 있다고 하던데?"

"아니, 어디서 그런 말을 들으셨습니까?"

고스케는 다소 의외라는 표정으로 말꼬리를 흐렸다.

"계시기는 계십니다만."

"오랫동안 못 만났지만, 무사시 님과는 교토 이래로 알고 있는 사이네. 잠깐 불러 주지 않겠나?"

"무사님의 성함이?"

"사사키 고지로, 그렇게 말하면 잘 알 걸세."

"뭐라고 하실지, 하여간 말씀드려 보겠습니다."

"아, 잠깐."

"예?"

"너무 갑작스러운 듯하여 무사시 님이 이상히 여길지 모르니, 실은 호소가와 가신 중 한 명이 무사시 님을 닮은 사람이 이 가게에 있다고 해서 찾아온 것이네. 밖에서 술이라도 한잔하고 싶으니 채비를 하고 나오시도록 그렇게 전해 주게."

"예."

고스케는 발이 드리워져 있는 마루를 지나 안으로 들어갔다. 고지로는 혼자 남아서 생각했다.

'만일 도망치지는 않더라도 무사시가 우리 계획과는 달리 나오지 않을 때에는 어떻게 하지? 그때에는 오스기를 앞에 내세워 무사시를 불러내면 체면 때문에라도 나오지 않을까?'

이 단계, 삼 단계의 계책까지 궁리하고 있는데 돌연, 문밖에서 그의 예상을 뛰어넘는 비명 소리가 들렸다.

"악!"

단순한 비명이 아니었다. 다른 사람의 생명까지도 위협하는 전율을 느끼게 하는 비명 소리였다. 고지로는 앉아 있던 마룻귀틀에서 벌떡 일어섰다.

'아차! 우리 계책을 눈치채고 역습을 가한 것이구나!'

어느 틈엔가 무사시는 뒷문으로 나가 상대하기 쉬운 자들부터 공격한 듯했다.

"오냐, 그렇게 나온다면."

고지로는 어두운 거리로 뛰쳐나가면서 속으로 생각했다.

'때가 왔다!'

전신의 근육이 팽팽하게 수축하며 피가 끓듯 투지가 솟구쳤다.

'언젠가 검을 들고 만나자.'

그것은 히에 산에서, 오쓰를 넘어가는 고갯마루 주막에서 그와 헤어질 때 나눈 말이었다. 잊지 않고 있었다. 그때가 온 것이다.

'설사 할머니가 칼을 맞아 죽더라도 무사시의 피로써 할머니의 명복을 빌어 줄 테다.'

고지로는 이런 의협심과 정의감에 불타 달려 나갔는데 열 걸음도 가지 않아서 길바닥에서 괴로워하던 자가 그의 발소리를 듣고 외쳤다.

"서, 선생님!"

"앗, 고로쿠?"

"당했습니다. 당했어."

"주로는 어떻게 됐나? 주로는?"

"주로도."

"뭐?"

살펴보니 멀지 않은 곳에서 숨을 헐떡이며 피투성이가 된 주로가 보였다. 보이지 않는 것은 오스기뿐이었다. 그러나 오스기를 찾을 틈도 없었다. 고지로는 자신을 보호하기 위해 온 신경을 곤두세웠다. 사방의 어둠이 모두 무사시의 그림자인 듯 고지로는 방어 자세를 취하고 있었다.

"고로쿠, 고로쿠!"

고지로는 숨이 넘어가는 고로쿠에게 소리쳤다.

"무사시는, 무사시는 어디로 갔나? 무사시 말이야!"

"아, 아닙니다."

고로쿠는 머리도 들지 못하고 땅바닥에서 간신히 고개를 저으며 말했다.

"무사시가 아니오."

"뭐?"

"무, 무사시가 아닙니다."

"뭐, 뭐라고?"

"……"

"고로쿠! 다시 말해 봐. 무사시가 아니란 말이냐?"

"……"

고로쿠는 이미 대답이 없었다. 고지로는 몽둥이로 얻어맞은 듯 혼란스러웠다. 무사시가 아니라면 누가 단숨에 이 두 사람을 해치웠단 말인가? 그는 이번에는 쓰러져 있는 주로의 옆으로 가서 피에 흥건히 젖은 멱살을 잡고 그를 일으켰다.

"주로, 정신 차려! 상대는 누구냐? 그자는 어디로 갔나?"

힘겹게 눈을 뜬 주로는 고지로의 질문이나 이 일과는 아무 관련이 없는 말을 마지막 힘을 짜내 울먹이듯 중얼거렸다.

"어머니, 어머니, 이 불효자식을……."

피에 흥건히 젖은《부모은중경》이 품속에서 툭 떨어졌다.

"쳇, 무슨 헛소리를 지껄이는 거야."

고지로는 움켜쥐었던 주로의 멱살을 놓았다. 어디선가 오스기의 목소리가 들렸다.

"고지로 님, 고지로 님!"

목소리가 나는 곳으로 달려가자 오스기가 하수구 도랑에 처박혀 있었다.

"나 좀 올려 주시오. 빨리."

오스기는 손을 저으며 고지로에게 소리쳤다.

"아니, 대체 이 무슨 꼴입니까?"

고지로는 어처구니가 없어 하며 오스기를 힘껏 끌어 올렸다. 오스기는 물에 젖은 행주처럼 털썩 주저앉아 오히려 고지로에게 물었다.

"방금 사내는 이미 달아났소?"

"할머니, 그 자가 대체 누구요?"

"나도 모르겠소. 다만 아까 우리들 뒤를 따라오던 그자인 게 틀림없소."

"그자가 갑자기 주로와 고로쿠에게 달려들었단 말이오?"

"그렇소. 마치 질풍처럼 무슨 말을 할 틈도 없이 어둠 속에서 불시에 튀어나와 주로를 먼저 베고 깜짝 놀란 고로쿠가 칼을 빼 드는 순간 고로쿠마저 베어 버렸소."

"그런데 그 자는 어디로 갔소?"

"그 와중에 난 여기에 빠져 버려서 잘 보지는 못했지만 발소리로는 저쪽으로 간 것 같소이다."

"개울 쪽이군."

고지로는 허공을 날듯 달려갔다. 마시장이 자주 서는 공터를 지나 야나기하라柳原의 제방까지 달려가서 주위를 둘러보았다. 버드나무 목재가 쌓여 있는 벌판 한쪽에 사람의 그림자와 불빛이 보였다. 가까이 가서 보니 서너 채의 가마를 놓고 가마꾼들이 모여 있었다.

"어이, 가마꾼!"

"예에!"

"이 골목 거리에서 내 동행 두 명이 칼을 맞고 쓰러져 있고 도랑에 빠진 노파도 있으니 가마에 싣고 다이구초大工町에 있는 한가와라 집까지 실어다 주게."

"아니 쓰지기리辻斬り입니까?"

"쓰지기리가 나타났습니까?"

"이거 무서워서 저희도 함부로 다닐 수 없을 듯합니다."

"범인은 그곳에서 도망을 쳤는데 자네들은 보지 못했나?"

"글쎄요. 보지 못했습니다만."

가마꾼들은 세 채의 가마를 메고 물었다.

"나리, 삯은 누구에게 받아야 하는지?"

"한가와라 집에 가서 받게."

고지로는 그렇게 말하고 다시 뛰어가더니 개천과 목재가 쌓여 있는 곳을 살펴보았지만 아무도 발견하지 못했다.

"쓰지기리였나?"

고지로는 그렇게 생각하며 다시 오동나무 밭을 지나 한가와라 집으로 돌아가려고 했다. 오늘 밤 계획은 이미 실패했고 더구나 오스기도 없으니 별 의미도 없었다. 또 이렇게 흐트러진 마음으로 무사시와 칼을 겨누는 것은 피하는 편이 현명하다고 생각했기 때문이다. 그때, 오동나무 숲 길옆에서 돌연 칼날인 듯한 빛이 빛났다. 그 순간, 머리 위쪽에서 칼에 잘린 오동나무 잎이 휘날리더니 날카로운 칼날이 고지로의 머리를 향해 날아오고 있었다.

"비겁하구나."

고지로가 소리쳤다.

"비겁한 게 아니다."

고함 소리와 함께 몸을 피한 고지로를 향해 두 번째의 칼날이 어둠 속에서 날아왔다. 고지로는 세 번 공중제비를 돌아서 일곱 자 뒤로 물러서서 소리쳤다.

"무사인 듯한 자가 어찌 떳떳치 못하게!"

이렇게 소리치던 고지로는 중간에 놀란 듯 다시 외쳤다.

"아니 네놈은 누구냐? 사람을 잘못 본 게 아니냐?"

세 번째 칼까지 빗나간 사내는 어깨를 들썩이며 숨을 쉬고 있었다. 사내는 자신의 전법이 실패한 것을 깨닫고 칼을 중단으로 겨눈 채 한 발 한 발 다가오고 있었다.

"닥쳐라. 사람을 잘못 볼 리가 없다. 나는 히라와 신사 경내에 사는 오바타 간베 가게노리小幡勘兵衛景憲의 제자인 호조 신조다. 이젠 잘 알았느냐?"

"흠, 오바타의 제자였군."

"내 스승님을 모욕하는 것도 모자라 동문의 벗들까지 무참히 죽였겠다!"

"그것은 무사에게 늘 있는 일. 패한 것이 억울하면 언제든 덤벼라. 이 사사키 고지로는 도망이나 치는 무사가 아니다."

"오냐, 각오해라."

"날 이길 수 있겠느냐?"

"두고 보아라!"

고지로는 한 발 한 발 다가오는 상대를 응시하면서 가슴을 펴고 오른손을 허리에 찬 장검에 갖다 대고서 유인하면서 소리쳤다.

"오너라!"

고지로의 유인에 문득 신조가 경계심을 느낀 찰나, 고지로가 상반신을 획 하고 구부리며 팔꿈치가 반원을 그리는가 싶더니 다음 순간에 이미 그의 칼은 다시 칼집 속으로 들어갔다.

"찰칵!"

칼날이 칼집에서 빠져나갔다가 다시 칼집으로 들어간 것은 육안으로 볼 수 있는 속도가 아니었다. 단지 가느다란 은빛 섬광 하나가 호조 신조의 목덜미 근처에서 번쩍 빛났다는 생각이 드는 정도였다.

그러나 신조는 아직 다리를 벌린 채 서 있다. 피 같은 것은 어디에도 보이지 않았지만 충격을 받은 것은 사실이었다. 왜냐하면 칼은 여전히 중단에서 겨누고 있었지만 그의 왼손이 무의식적으로 왼쪽 목덜미를 누르고 있었기 때문이다.

"앗?"

어둠 속에서 누군가가 이렇게 외치며 달려오는 발소리가 들렸다.

"괜찮으십니까?"

달려온 사람은 고스케였다. 그는 말뚝처럼 서 있는 사내의 자세가 조금 이상하다고 여겼는지 그를 부축하려는 순간, 신조의 몸이 썩은 나무처럼 뒤로 넘어갔다. 고스케는 양손으로 넘어지는 신조를 안으며 고함을 쳤다.

"앗! 칼을 맞았군. 누구 없소? 지나가는 사람이나 근처에 있는 누군가 아무나 이리 오시오. 사람이 칼에 맞았소!"

그와 동시에 신조의 목덜미에서 가는 실만큼 갈라진 상처가 빨갛게 벌어지더니 미지근한 붉은 액체가 물컹물컹 고스케의 소매로 흘러내렸다.

# 심형무업

　　　　　이따금 어두운 안마당에서 설익은 매실이 떨어지는 소리가 났다. 무사시는 몸을 구부리고 등잔불과 마주한 채 얼굴도 들지 않았다. 등잔에 가물거리는 작은 불빛은 불 가까이에서 머리를 숙이고 있는 그의 파르스름한 사카야키月代[11]를 선명하게 비추고 있었다. 그의 머리카락은 기름기가 없고 억세 보였으며 다소 붉었다. 또 자세히 보면 머리에는 오래된 뜸 자국 같은 상처가 있었다. 어릴 때 앓았던 종기 자국이었다.

'이렇게도 키우기 힘든 아이가 또 있을까?'

　어머니 속을 무던히 태우던 천둥벌거숭이 같던 성격은 여전했다. 문득 어머니 생각이 떠오른 무사시는 지금 칼끝으로 파고 있는 조각상이 점점 어머니를 닮아 가고 있는 것 같아 보였다.

---

11 예전 남자가 이마에서 머리 한가운데까지 머리카락을 깎은 머리 형태.

"……."

방금 전, 이 층 계단의 장지문 밖에서 이 집 주인인 고스케가 들어오기를 꺼려하면서 말했다.

"아직도 주무시지 않으십니까. 지금 가게에 사사키 고지로라는 자가 와서 만나 뵙고 싶다고 하는데 만나시겠습니까, 아니면 주무신다고 할까요? 어떻게 할까요?"

고스케가 두세 번 문밖에서 이렇게 말한 것 같았는데 무사시는 대답을 했는지 안 했는지 자신도 알 수가 없었다.

그러던 중 고스케는 무슨 소리를 들었는지 홀연히 사라졌는데 그래도 무사시는 개의치 않고 계속해서 아홉 치 정도의 나뭇조각에 몰두해 있었다. 무릎이며 옆에 있는 책상에는 나무 부스러기가 너저분하게 떨어져 있었다.

그는 관음상을 파고 있었다. 고스케에게서 받은 이름 없는 명검의 대가로 관음상을 파서 주기로 약속했기 때문에 어제 아침부터 이 일에 열중하고 있었다. 그런데 철두철미한 성격의 소유자인 고스케는 조각에 특별한 요구를 했다.

"제가 여러 해 동안 특별히 보관하고 있던 오래된 재목이 있습니다. 이왕 무사시 님이 직접 파 주시는 것이니 그것으로 만들어 주십시오."

고스케가 삼가며 꺼내는 것을 보자 과연 그것은 적어도 육칠백 년은 됐음 직한 한 자 정도의 나무토막으로 네모나게 자른 목침 모양을 하고 있었다. 처음에 무사시는 이런 오래된 나무토막이 무엇이 그리 소중한지 의아했다. 하지만 그의 이야기를 들어 보니 이것은 가와치河內[12]의 이시가와石川 군郡 히가시조東条에 있는 시나가磯長의 영묘靈廟에 사용된 덴표天平 시대의 고목재인데, 오랫동안 버려져 있던 쇼토쿠 태자聖德太子의 능을 보수할 때, 그 기둥을 교체하던 절의 중과 목수가 부주의하게 그 기둥을 깨트려서 장작으로 쓰려고 가져가는 것을 여행 중이던 고스케가 발견하고 너무 아까워서 한 자 정도 잘라서 받아왔다는 것이었다.

무사시는 나뭇결과 감촉이 아주 좋은데다 고스케가 소중하게 간직하는 나무여서 만약 잘못 파면 다른 것으로 대체할 수 없는 것이라 생각하자 여간 긴장이 되는 것이 아니었다.

밤바람이 마당의 문을 흔들고 지나갔다.

"응?"

무사시는 얼굴을 들었다. 그리고 문득 중얼거리며 귀를 기울였다.

"혹시 이오리가 아닐까?"

걱정하고 있던 이오리가 돌아온 것이 아니었다. 뒷문이 열린 것도 바람 때문은 아닌 듯싶었다. 주인 고스케가 고함을 치고 있었다.

"여보, 뭘 멍하니 서 있는 게야? 빨리, 촌각을 다투는 중상이야. 빨리 치료하면 살 수 있을지도 몰라. 자리? 어디라도 좋으니 조용한 곳에 빨리!"

고스케 외에 부상자를 메고 따라온 사람들도 소리쳤다.

---

12 현재의 오사카 동부 주변.

"상처 부위를 씻을 소주는 있소? 없으면 집에서 가져오겠소."

"의원은 내가 뛰어가서 불러 오겠소."

사람들은 잠시 그렇게 시끌벅적하다가 잠잠해지자 고스케가 말했다.

"여러분, 고맙습니다. 여러분 덕택에 목숨은 건질 것 같으니 안심하고 돌아가셔서 주무십시오."

고스케의 말을 듣고 무사시는 아무래도 고스케의 가족 중에 한 명이 불의의 재난을 당한 것이라고 생각했다. 무사시는 그냥 모른 척할 수 없어서 무릎 위의 나무 조각들을 털어 내고 이 층 계단을 내려갔다. 그리고 복도 끝으로 가서 불빛이 새어 나오는 곳을 들여다보니 중상을 입은 사람의 머리맡에 고스케 부부가 앉아 있었다.

"아, 아직 주무시지 않았군요."

고스케가 뒤를 돌아보곤 조용히 자리를 내주자 무사시도 불빛에 비친 창백한 부상자의 얼굴을 들여다보고 물었다.

"누구십니까?"

고스케는 놀란 표정을 지으며 말했다.

"누군지도 모르고 구했습니다만, 집에 데리고 와서 보니 글쎄 제가 가장 존경하는 고슈류甲州流의 군학자軍學者이신 오바타 선생님의 제자였습니다."

"음, 이분이?

"네. 호조 신조라고 호조 아와노가미北条安房守의 아드님인데 병학兵學을 배우기 위해서 오바타 선생님을 오랫동안 섬기고 있던 분입니다."

"흐음."

무사시는 신조의 목을 감싸고 있는 하얀 천을 살짝 들춰 보았다. 방금 소주로 씻어 낸 상처에는 날카로운 칼로 도려낸 듯한 조개의 살점만 한 칼자국이 있었다. 불빛에 비친 움푹 파인 상처는 담홍색 경동맥까지 보일 정도로 선명했다. 호조는 말 그대로 머리카락 한 올 차이로 간신히 생명을 건졌다고 할 수 있었다. 그런데 대체 이렇게 정확하고 날카로운 실력의 소유자는 대체 누구일까? 상처로 봐서는 칼이 밑에서 올라와서 흡사 제비 꼬리처럼 선회해서 벤 듯했다. 그렇지 않고서야 이렇게 정확하게 경동맥을 노리고 조개 살점을 베어 내듯 잘려 나갈 리가 없었다.

'제비 베기!'

문득 사사키 고지로가 장기로 삼고 있는 검술이 머릿속을 스치고 지나갔다. 순간, 무사시는 아까 고스케가 자신의 방 밖에서 한 말이 퍼뜩 떠올랐다.

"어찌된 일인지 알고 있습니까?"

"아뇨, 아직 아무것도."

고스케가 말했다.

"하지만 누구인지는 알았소. 이 사람이 회복된 뒤에 이유는 알게 되겠지만 상대는 사사키 고지로임에 분명하오."

무사시는 그렇게 말하고 고개를 끄덕였다. 방으로 돌아온 그는 어질러져 있는 나무 파편들 속에 팔을 베고 누웠다. 잠자리가 깔려 있었지만 이불 속으로 들어갈 기분은 나지 않았다. 오늘로만 이틀째, 이오리는 아직도 돌아오지 않고 있었다.

길을 잃고 헤맸다고 하더라도 너무 늦었다. 심부름 보낸 곳이 야규가이고 또 기무라 스케구로라는 지인도 있기 때문에 놀다 가라고 하자 무작정 놀고 있을지도 몰랐다. 그래서 무사시는 걱정은 하면서도 그다지 크게 마음을 쓰진 않았다. 오히려 그보다는 어제 아침부터 파기 시작한 관음상 조각에 몰두하다 보니 다소 심신이 피곤한 듯했다.

무사시는 조각 기술을 가지고 있지 않았지만 마음속으로 그리고 있는 그만의 관음 형상이 있었다. 오로지 그 형상을 조각으로 표현하기 위해 몰두하고 있었지만 여러 가지 잡념이 마음을 어지럽혀 손과 칼끝이 그 형상을 옳게 나타내지 못하고 있었다. 그래서인지 무사시는 나무토막이 관음의 형상을 띠기 시작하면 다시 그것을 지우고 다시 파기 시작하기를 몇 번이나 되풀이했다. 그러는 사이에 덴표 시대의 오래된 나무토막은 어느새 여덟 치로 줄어들고 다섯 치 정도로 가늘어지더니 이젠 불과 세 치 정도로 작아지고 말았다.

두견새 울음소리를 두 번 정도 들은 듯하더니 무사시는 반 시각 정도 꾸벅꾸벅 졸다가 문득 눈을 떴다. 머릿속까지 피곤함이 깨끗하게 풀렸다.

"이번엔 반드시……."

무사시는 눈을 뜨자 이렇게 마음먹었다. 뒤편에 있는 우물에 가서 세수를 하고 입을 헹궜다. 그리고 다시 등잔 심지를 잘라 세우고 마음을 다잡은 후 칼을 잡았다.

사각사각, 잠들기 전과 잠을 잔 후는 칼날의 예리함마저 달라졌다. 새로 깎아낸 나무의 속살은 천 년의 흔적을 머금고 있었다. 더 이상 잘못 깎아 냈다가는 이 귀중한 나무토막은 두 번 다시 본래의 모습으로 돌아오지 않을 것이었다. 반드시 오늘 밤 안에 원하는 형상을 완성하지 않으면 안 되었다.

검을 잡고 적과 마주 섰을 때처럼 무사시의 눈은 날카롭게 빛을 발했고 손에 쥔 칼에 힘이 들어갔다. 잠시도 허리를 펴지 않고 물도 마시러 가지 않았다. 먼동이 트는 것도, 새가 지저귀기 시작한 것도, 또 무사시의 방을 제외한 집의 모든 문들을 여는 것도 전혀 알지 못한 채 무아삼매경에 빠져 있었다.

"무사시 님."

어떻게 됐는지 걱정이 돼서 온 듯한 고스케가 방으로 들어오자 무사시는 비로소 허리를 폈다.

"아아, 틀렸어."

무사시는 칼을 내던지며 말했다. 고스케가 살펴보자 홀쭉해진 나무토막은 본래의 모습에서 엄지손가락 정도도 남아 있지 않고 모두 나무 파편이 되어 무사시의 무릎 주위에 눈처럼 쌓여 있었다. 고스케가 눈을 크게 뜨면서 말했다.

"아, 틀렸습니까?"

"으음, 틀렸소."

"덴표의 목재는?"

"전부 깎아 버렸소. 아무리 깎아도 나무속에서 보살의 형상이 나오지 않았소!"

무사시는 그렇게 탄식을 하더니 양손을 머리 뒤로 깍지를 끼고는 드러누웠다.

"글렀소. 이제부터 참선이나 해야겠소."

무사시는 잠을 자기 위해 눈을 감자 그제야 여러 잡념이 사라지고 온화해진 머릿속에는 오직 공空이라는 한 글자만 떠다녔다.


새벽길을 떠나는 손님들이 수선을 피우며 토방에서 나갔다. 대부분 거간꾼들이었다. 닷새 동안 섰던 마시장도 어제부로 파장해서인지 이곳 여인숙도 오늘부터 한산해진 듯했다. 이오리는 이날 아침 여인숙에 돌아와서 뚜벅뚜벅 이 층으로 올라갔다.

"얘, 꼬마야."

여인숙 여주인이 계산대에서 급히 불렀다.

"왜요?"

이오리는 계단 중간에서 돌아보며 내려다보았다.

"어디로 가는 거니?"

"저요?"

"그래."

"제 스승님이 이 층에 묵고 계셔서 이 층에 가는데 뭐가 이상해요?"

여주인은 어이없는 표정을 짓더니 물었다.

"대체 너는 언제 여인숙을 나갔었니?"

이오리는 손가락을 꼽아 보더니 말했다.

"그저께 전날일걸요."

"그럼, 그끄저께가 아니냐?"

"맞아요."

"야규 님 댁에 심부름 간다더니 지금 돌아온 게냐?"

"예, 그래요."

"예는 뭐가 예니? 야규 님 댁은 에도 안에 있는데."

"아줌마가 고비키초에 있다고 해서 생고생만 했잖아요. 거긴 곳간 건물이고 저택은 아자부 촌에 있는 히가구보더라고요."

"어찌 됐든 사흘이나 걸릴 곳은 아니지 않느냐. 여우에게 홀리기라도 했니?"

"어떻게 알았어요? 혹시 아줌마, 여우 친척 아니에요?"

이오리가 놀리면서 계단을 올라가려고 하자 여주인이 다시 이오리를 급히 불러 세웠다.

"이젠 네 스승님은 여기 안 계시다."

이오리는 거짓말인줄 알고 이 층으로 뛰어올라가더니 곧 멍한 얼굴로 내려와서 물었다.

"아줌마, 스승님이 다른 방으로 옮겼죠?"

"벌써 떠나셨다고 해도 의심이 많은 애로구나."

"예? 정말요?"

"거짓말인 거 같으면 장부를 보렴. 여기 이렇게 숙박료를 받았다고 나와 있잖니."

"왜, 왜요? 왜 내가 오기 전에 가 버렸죠?"

"네가 너무 늦게 왔기 때문이겠지."

"그래도……."

이오리는 그만 울상이 되었다.

"아줌마, 스승님이 어디로 가셨는지 몰라요? 무슨 말을 남겼죠?"

"아무 말도 듣지 못했다. 분명 너 같은 애를 데리고 다녀도 아무 소용이 없어서 버린 게지."

이오리는 그대로 길가로 뛰쳐나가서 서쪽을 보다가 다시 동쪽을 보더니 하늘을 바라보며 소똥 같은 눈물을 뚝뚝 흘리고 있었다. 그 꼴을 보고 여주인은 참빗으로 머리를 빗으며 깔깔 웃었다.

"거짓말이다, 거짓말. 네 스승님은 바로 앞에 있는 칼을 가는 집 이층으로 옮기셨다. 거기 계실 테니 울지 말고 가 보거라."

여주인이 이번에 사실대로 가르쳐 주자 이오리는 그 말이 끝나기 무섭게 여주인이 있는 곳을 향해 말에게 신기는 짚신을 집어 던졌다.

여인숙 여주인이 일러준 대로 찾아온 이오리가 잠자고 있는 무사시의 발치에 조심스럽게 무릎을 꿇고 앉았다.

"다녀왔습니다."

이오리를 방으로 안내한 고스케는 이내 발소리를 죽이고 안채에 있는 병실로 들어간 모양이었다. 어쩐지 이날 집안 분위기가 음울했는데 이오리도 그것을 느낄 수 있었다. 더구나 잠을 자고 있는 무사시 주위에는 나무 조각들이 수북이 어질러져 있었고 기름이 말라붙은 등잔도 그대로였다.

"다녀왔습니다."

이오는 꾸중을 들을 것이 가장 걱정이 되었다. 그래서 목소리가 제대로 나오지 않았다.

"누구냐?"

잠을 깬 무사시가 물었다.

"이오리입니다."

그러자 무사시는 얼른 몸을 일으키더니 발치에 무릎을 꿇고 있는 이오리의 모습을 보고 안심한 듯했다.

"이오리냐?"

그러고는 아무 말도 하지 않았다.

"늦었습니다."

그래도 아무 말도 하지 않자 이오리가 말했다.

"죄송합니다."

이오리가 잘못했다고 해도 무사시는 별다른 말을 하지 않고 허리끈을 고쳐 매고는 방에서 나갔다.

"창문을 열고 방을 청소하거라."

"예."

이오리는 비를 빌려 와 방 청소를 시작하다가 여전히 걱정이 되는지 뒷마당을 엿보며 무사시가 무엇을 하는지 살폈다.

그는 우물가에서 입을 헹구고 있었다. 우물가 주위에는 아직 익지 않은 매실이 떨어져 있었다. 이오리는 그것을 보자 곧 소금에 절여서 먹던 맛이 떠올랐다. 그리고 저것을 주워 절여 두면 일 년 내내 매실 장아찌를 먹을 수 있을 텐데 왜 여기 사람들은 주워서 절여 두지 않을까 생각했다.

"고스케 님, 신조 님의 용태는 어떤지요?"

무사시는 얼굴을 씻으면서 뒤편 끝에 있는 방을 향해 말을 건넸다.

"꽤 차도가 있습니다."

고스케가 대답했다.

"피곤하실 텐데 나중에 좀 교대를 할까요?"

무사시가 말하자 고스케는 괜찮다고 하면서 의논을 했다.

"흐음, 이 일을 히라가와 덴진平河天神의 오바타 님의 도장에 알리려고 하는데 마땅히 사람이 없어서 어떻게 하면 좋을지 걱정을 하고 있던 참입니다만."

무사시는 그럼 자신이 가든지 이오리를 보내겠다고 대답하고 얼마 후에 이 층 방으로 올라와 보니 방은 벌써 말끔히 치워져 있었다. 무사시는 자리에 앉으며 이오리를 불렀다.

"이오리."

"예."

"갔던 일은 어떻게 되었느냐?"

아마도 혼이 날 것이라고 지레 겁을 먹고 있던 이오리는 그제야 씩 웃으며 품속에서 편지 한 통을 꺼내더니 득의양양한 표정을 지었다.

"다녀왔습니다. 그리고 야규 님 댁에 계시는 기무라 스케구로 님의 답장을 여기에 받아 왔습니다."

"어디……."

무사시가 손을 내밀자 이오리는 무릎걸음으로 앞으로 다가오더니 편지를 무사시의 손에 건넸다. 기무라 스케쿠로의 답신에는 대략 다음과 같이 적혀 있었다.

뜻은 잘 알겠지만, 야규류柳生流는 장군 가의 오도메류御止流[13]로서 어느 누구라도 공식적인 시합은 금지되어 있습니다. 그러나 시합을 하기 위해서가 아니면 경우에 따라서는 주군인 다지마노가미 님의 도장에서 인사를 하시는 경우도 있습니다. 또 굳이 야규류의 진수를 체험하고 싶으시면 야규 효고 님과 대련을 하는 게 가장 좋은데, 공교롭게도 효고 님은 고향에 계신 세키슈사이 님께서 병환이 재발하셔서 어제 급히 야마토로 떠나셨습니다. 심히 유감이지만 사정이 이러하니 다지마노가미 님 댁 방문은 후일을 기하는 것이 좋을 듯합니다.

---

13 야규류는 장군 가문 사람들을 가르치는 사범을 맡고 있어 다른 유파와의 시합은 일절 금지되어 있었기 때문에 이를 두고 '오도메류'라고 불렀다. 이는 만일 시합에서 야규류가 패했을 때에는 명예가 실추되는 것은 물론, 장군 가문의 권위와도 관계가 있었기 때문이었다.

그리고 편지 말미에 이렇게 쓰여 있었다.

'그때는 다시 본인이 주선을 하겠습니다.'

"……."

무사시는 미소를 띠며 긴 두루마리를 둘둘 말았다. 이오리는 무사시의 미소를 보고 그제야 크게 마음이 놓인 듯 꿇고 있던 무릎을 쭉 펴더니 수다를 떨기 시작했다.

"스승님, 야규 님의 저택은 고비키초가 아니고 아자부의 히가구보라는 곳인데 굉장히 크고 멋있는 집이였어요. 그리고 말이죠, 기무라 스케구로 님이 이것저것 맛있는 음식을 주셨어요."

"이오리."

무사시의 눈썹이 약간 일그러지자 이오리는 황망히 다시 다리를 오므리며 대답했다.

"예."

"길을 잃었다 치더라도 오늘로 사흘째인데 너무 늦은 것이 아니냐. 왜 이리 늦었느냐?"

"아자부 산에서 여우에게 홀렸어요."

"여우에게?"

"예."

"들판 외딴집에 자란 네가 어찌 여우에게 홀렸느냐?"

"저도 모르겠어요. 그렇지만 반나절과 하룻밤을 여우에게 홀려서 어디를 헤매고 다녔는지 지금도 생각나지 않아요."

"흐음, 이상한 일이구나."

"정말 이상한 일이에요. 지금까지 여우 따위는 아무것도 아니라고 생각했는데 시골보다 에도의 여우가 더 사람을 잘 홀리나 봐요."

이오리가 진지한 얼굴로 그렇게 말하는 모습을 보자 무사시는 야단 칠 마음도 사라진 듯했다.

"흠, 네가 무슨 나쁜 장난을 치지 않았느냐?"

"아니요. 그냥 여우가 따라오기에 홀리기 전에 조심해야겠다고 생 각하고 다린지 꼬린지 모르겠지만 칼로 내리쳤는데 그 여우가 복수 를 한 것 같아요."

"그렇지 않다."

"예? 그럼요?

"네 마음을 흐리게 한 것은 눈에 보이는 여우가 아니라 눈에 보이지 않는 네 마음이다. 곰곰이 생각해 보고 내가 돌아오면 그 이유에 대해 말해 보거라."

"예, 그런데 스승님은 어디 가십니까?"

"고지마치麴町의 히라가와 덴진 근처까지 다녀오겠다."

"오늘 밤 안으로 돌아오시는 거죠?"

"하하하, 나도 여우에게 홀려 사흘이 걸리지도 모르겠다."

이번에는 무사시가 이오리를 남겨 놓고 비구름이 낀 하늘을 올려다 보며 밖으로 나갔다.

# 문 앞의
# 무사

　　　　　　히라가와 덴진의 숲은 매미 소리에 휩싸여
있었다. 어디선가 올빼미 소리도 들려왔다.

"여기군."

무사시는 걸음을 멈췄다. 낮달 아래에 고즈넉한 건물 하나가 보였다.

"아무도 안 계십니까?"

무사시는 현관에 서서 이렇게 불렀다. 마치 동굴을 향해 말을 하는
것처럼 목소리가 귓가로 메아리쳐 돌아왔다. 그만큼 아무런 인기척을
느낄 수 없었다. 잠시 후 안쪽에서 발소리가 들리더니 이윽고 그의 앞
에 나이는 스물네다섯 정도로 젊지만 무사처럼 보이지 않는 청년이
큰 칼을 손에 들고 나타나더니 거리낌 없이 물었다.

"누구시오?"

무사시는 자신의 이름을 밝히고 물었다.

"오바타 간베 님의 오바타 병학소가 여기입니까?"

"그렇습니다."

청년은 무뚝뚝하게 대답했다. 그는 필경 무사시가 병법 수행을 하며 전국 각지를 유랑하는 자라고 말할 것이 분명하다고 단정 짓고 있는 모습이었지만 무사시는 전혀 다른 말을 했다.

"이 댁의 제자 중에 호조 신조라는 분이 사정이 있어 칼을 가는 고스케의 집에서 요양을 하고 있습니다. 이에 고스케의 부탁을 받고 알려드리러 왔습니다."

"네? 호조 신조가 복수를 하려다 당했단 말입니까?"

청년은 크게 놀랐지만 이내 마음을 가다듬고 말했다.

"실례했습니다. 저는 오바타 간베 가게노리의 외아들인 오바타 요고로입니다. 일부러 알려 주려 오셔서 감사드립니다. 잠깐 저쪽에서 쉬었다 가시지요."

"아닙니다. 말씀을 전해드리려 왔으니 바로 돌아가겠습니다."

"그럼 신조는 생명에 지장은 없습니까?"

"오늘 아침이 되자 다소 차도가 있는 듯합니다. 데리러 오셔도 지금 상태로는 움직일 수 없으니 당분간은 고스케 집에 있는 것이 좋을 듯합니다."

"부디 고스케에게 잘 부탁한다고 전해 주시길 바랍니다."

"예, 그렇게 전하겠습니다."

"실은 본가도 아버님께서 아직 병상에서 일어나지 못하는 참인데, 아버님을 대신해서 사범으로 있던 호조 신조가 작년 가을부터 모습을 감추었기 때문에 이렇듯 강당의 문을 닫은 채로 사람의 손길이 끊긴 상태이니 부디 헤아려 주시길 바랍니다."

"그런데 사사키 고지로와는 무언지 깊은 원한이라도 있으신지요?"

"제가 부재중에 생긴 일이라 자세히는 모르지만, 사사키가 병중에 계신 아버님을 모욕해서 문하생들이 분히 여겨 여러 번 그를 치려고 했으나 번번이 당하기만 한 터라 마침내 신조가 결심을 하고 도장을 떠난 뒤 줄곧 고지로를 칠 기회를 노리고 있었던 모양입니다."

"그랬군요. 이제야 경위를 알게 되었습니다. 그러나 한 가지 충고를 하자면 사사키 고지로를 상대로 싸울 생각은 하지 마십시오. 그는 칼로 싸워서 이길 수 없고, 계책을 쓰더라도 더욱 이길 수 없는 상대입니다. 결국 칼은 물론이고 말이나 책략이 뛰어난 사람이 아니면 칼을 섞어서는 안 될 인물입니다."

무사시가 고지로의 비범한 면면을 들어 칭찬하자 젊은 요고로의 눈에는 불쾌한 기색이 역력했다. 무사시는 그것을 느끼고 다시 한 번 당부하듯 말했다.

"자만하는 자는 자만하게 내버려 두는 것이 상책입니다. 작은 원한으로 큰 화를 초래해서는 안 됩니다. 호조 신조가 쓰러졌다고 해서 자신이 나서서 똑같은 전철을 밟지 말기 바랍니다. 그것은 어리석은 짓입니다."

무사시는 그렇게 충고를 하고는 문 앞에서 바로 돌아갔다. 요고로는 무사시가 돌아간 후에도 벽에 기댄 채 혼자 팔짱을 끼고 있었다. 다정 다감한 입술이 파르르 가늘게 떨리며 신음 소리를 냈다.

"흐음, 기어코 신조까지 당했단 말인가……."

그는 공허한 눈으로 천장을 바라보았다. 넓은 강당과 안채는 사람의 기척이라곤 찾아볼 수 없을 정도로 적막에 싸여 있었다. 여행에서 돌아왔을 때에는 이미 신조는 없었다. 단지 자신에게 남긴 유서만이 있었다. 거기에는 반드시 사사키 고지로를 죽이고 돌아오겠다고 쓰여 있었다. 만일 죽이지 못한다면 이번 생에서는 살아서 만날 일은 없을 것이라 했다. 그 바라지 않던 일이 지금 현실로 다가왔다.

신조가 사라진 이후로 병학 수업도 자연 중지돼 버렸다. 또한 세간의 소문도 고지로에게 유리하게 돌아가서 마치 비겁자들만 이곳에 다니는 것처럼 여겨진 것뿐 아니라 이론만 있고 실력은 없는 인간들만 모여 있는 양 놀림까지 받았다. 그런 말들에 개의치 않던 자들도 명마와 싸우는 간베 가게노리와 고슈류의 쇠퇴를 보면서 나가누마류長沼流로 옮겨가거나 어느 순간부터 발길을 끊어 버려 근래에는 두세 명의 제자들밖에 남아 있지 않았다.

"아버님께는 말씀드리지 말아야겠다."

그는 그렇게 마음먹었다.

"뒷일은 나중에 생각하자."

지금은 부친의 중병을 치료하는 일에 전념하는 것이 자식의 도리라고 생각했다. 그러나 의원은 병이 나을 가망은 거의 없다고 했다. 그

역시 나중에 생각할 일이라고 여기고 있었지만 가슴속에서 서러움이
복받쳤다.

"요고로, 요고로…."

안쪽 병실에서 부친의 목소리가 들렸다.

"예에."

요고로는 황망히 안으로 뛰어가서 장지문 밖에서 무릎을 꿇고 대답
했다.

"부르셨습니까?"

병자는 갑갑증이 날 때마다 그러듯 자신의 손으로 창문을 열고 베개
에 몸을 의지하고 앉아 있었다.

"요고로."

"예, 여기 있습니다."

"방금 찾아온 무사가 있지 않았느냐? 창문으로 뒷모습만 봤다만."

요고로는 아버지가 그렇게 말하자 약간 당황했다.

"아, 예. 방금 심부름을 온 자 말입니까?"

"심부름이라니 어디 말이냐?"

"호조 신조에게 다소 사정이 있어서 그것을 전하러 온 미야모토 무
사시라는 사람입니다."

"흠, 미야모토 무사시. 에도 사람은 아닌 듯하구나."

"사쿠슈의 낭인이라고 했는데, 무슨 짐작이 가는 데라도 있으신지
요?"

"아니다."

간베 가게노리는 하얀 수염이 성기게 자란 턱을 세차게 저으며 말했다.

"아무 인연이나 만난 기억도 없다. 그러나 난 젊어서부터 이 나이가 되도록 수많은 전쟁터는 물론이고 평시에도 많은 무사들을 만나봤지만 아직도 진정한 무사다운 무사를 만난 적은 한 번도 없다. 그런데 지금 돌아간 무사에게는 어쩐지 마음이 끌리고 만나고 싶다구나. 꼭 그 미야모토라는 분과 만나서 이야기를 나누고 싶구나. 요고로, 바로 쫓아가서 여기로 모시고 오너라."

하지만 의원은 너무 오랫동안 이야기를 해서는 안 된다고 했었다.

"불러오너라."

요고로는 부친이 조금이라도 흥분을 해서 말하는 것을 보면 용태에 지장이 있지 않을까 걱정스런 마음이 앞섰다.

"알겠습니다."

일단 아버지에게 대답은 했지만 그는 일어서려 하지 않고 물었다.

"그런데 아버님, 지금 그 무사의 어떤 점에 그렇게 마음이 끌리십니까? 이 방 창에서 뒷모습만 보셨다면서요?"

"너는 아직 모른다. 그것을 알게 될 때가 되면 너도 나처럼 이렇게 엄동설한의 고목이 다 되었을 것이다."

"그래도 무슨 이유가 있을 게 아닙니까?"

"없지는 않지."

"말씀해 주십시오. 제게 공부가 될 것입니다."

"그는 나를, 이 병든 나에게까지 방심을 하지 않고 갔다. 그것이 훌륭하다."

"아버님이 이 방 창 너머에 계시다는 것을 알 리가 없지 않습니까?"

"아니, 알고 있었다."

"어째서인지요?"

"그는 문을 들어올 때, 일단 그곳에서 걸음을 멈추고 이 집의 구조와 열려 있는 창문과 닫혀 있는 창문, 그리고 마당의 샛길 등을 구석구석 살펴보았다. 그런데 그 모습이 조금도 부자연스럽지가 않았고 오히려 예의바른 몸가짐이었다. 나는 창 너머로 그것을 보고 범상치 않은 자가 왔다고 놀랐던 것이다."

"그럼, 방금 그 무사가 그토록 수양이 깊은 무사였습니까?"

"이야기를 하면 필시 끝없이 이야기를 나눌 수 있을 것이다. 어서 가서 모셔 오너라."

"그러나 몸에 해롭지 않겠습니까?"

"나는 오랫동안 그런 지기를 기다리고 있었다. 내 병학은 자식에게 전하기 위해 쌓아 온 것이 아니다."

"아버님께서는 늘 그렇게 말씀하셨지요."

"고슈류라고 하지만 이 간베 가게노리의 병학은 단지 고슈 무사의 진법만 넓힌 것이 아니다. 신겐信玄 공, 겐신謙信 공, 노부나가 공 등이 패권을 다투던 그 시절과는 시대가 달라졌다. 학문의 사명 역시 달라졌다. 내 병학은 어디까지나 오바타 간베류의, 미래의 진정한 평화를 쌓아가기 위한 병학인 것이다. 아, 그것을 누구에게 전해야 한단 말인가."

"……."

"요고로."

"예."

"너에게 전하고 싶은 마음은 태산 같다만, 너는 방금 그 무사와 얼굴을 마주했으면서도 아직 상대의 기량도 짐작하지 못할 정도로 미숙하구나."

"면목이 없습니다."

"부모의 호의적인 눈에도 그 정도여서는 내 병학을 전할 방도가 없구나. 차라리 다른 응당한 자에게 전해서 후사를 부탁하려고 나는 은밀히 그 인물을 기다리고 있었던 것이다. 꽃은 자신이 질 때, 필연적으로 꽃가루를 바람에 맡기고 지는 것과 같은 이치인 것을……."

"아, 아버님. 꽃이 지지 않도록 부디 몸을 굳건히 하십시오."

"어리석은 소리, 바보 같은 소리……."

그는 되풀이하더니 재촉을 했다.

"빨리 가거라."

"예."

"실례를 범하지 말고 내 뜻을 소상히 말씀드리고 모시고 와야 한다."

"예."

요고로는 서둘러 문밖으로 달려 나갔다. 무사시의 모습은 어디에도 보이지 않았다. 히라가와 덴진 근처를 찾아보고 코지마치 한길까지 갔지만 역시 보이지 않았다.

"할 수 없군. 또 기회가 있겠지."

요고로는 곧 체념했다. 그는 아직도 부친의 말처럼 무사시가 그 정도로 뛰어난 사람이라고는 생각되지 않았다. 나이도 자신과 비슷한 또래인 그가 설사 아무리 뛰어난 자질을 갖췄다 한들 뻔한 것이라고밖에 생각되지 않았다.

그리고 무사시가 돌아갈 때 했던 말이 아직도 머릿속에서 꺼름칙했다.

'사사키 고지로를 상대로 싸운다는 것은 어리석은 짓이다. 고지로는 범물凡物이 아니다. 작은 원한은 버리는 게 좋다.'

그것은 마치 무사시가 고지로를 칭찬하러 일부러 온 것과 다름없다는 인상을 받았다. 요고로는 마음속 한편에서 당치도 않은 말이라고 여기고 있었다. 그가 고지로를 향해 품고 있는 감정보다는 가볍지만 무사시에게도 똑같은 감정을 품고 있었다. 아니, 순순히 듣고 있었지만 아버지에게조차 이렇게 말하고 싶을 정도였다.

'저 역시 아버님이 그렇게 낮추어 볼 만큼 미숙하지 않습니다.'

요고로도 아버지가 허락을 할 때마다 일 년, 때로는 이삼 년 동안 무사 수행을 위해 각지를 돌아다니거나 다른 가문의 제자가 되거나, 때론 선가에 들어가거나 하며 수련을 쌓아 왔다고 자부하고 있었다. 그런데 그의 아버지는 자신을 언제까지나 젖비린내 나는 아이처럼 보고 있었다. 그리고 우연히 창문 너머로 본 무사시를 높게 평가하며 자신이 부족하다는 식으로 말을 했다.

'그만 돌아가자.'

요고로는 집으로 돌아가는 길에 문득 안타까운 마음이 들었다.

'부모란 언제까지나 자식이 어린애처럼 보이는 법일까?'

언젠가는 그런 아버지에게 대견하다는 칭찬을 듣고 싶었다. 그러나 그의 아버지는 내일도 기약할 수 없는 몸이었다. 그것이 안타까웠다.

"이거, 요고로 님 아니시오?"

누군가 그를 불렀다.

"아니, 이거."

요고로는 발길을 돌려 그에게 다가갔다. 그를 부른 사람은 호소가와 가의 가신으로 근래에는 자주 보지 않았지만, 한때는 종종 강의를 들으러 오던 나가도가와 한타유中戶川範夫였다.

"큰 어른의 병환은 좀 어떠하십니까? 공무에 쫓겨 찾아뵌 지도 오래된 듯합니다."

"여전하십니다."

"아무래도 연세가 있으셔서. 아, 그리고 호조 신조 님이 또 당했다는 소문이 있던데."

"벌써 알고 계셨습니까?"

"바로 오늘 아침, 번에서 들었습니다."

"어젯밤 일을 벌써 오늘 아침에 호소가와가에서 들으셨습니까?"

"사사키 고지로는 번의 중신인 이와마 가쿠베 님 댁에 식객으로 있기 때문에 가쿠베 님이 여기저기 말하고 다녔겠지요. 다다토시 공께서도 이미 알고 계십니다."

젊고 혈기왕성한 요고로는 그 말을 냉정하게 듣고 있을 수가 없었다. 그렇다고 해서 자신의 당황한 표정을 보이기도 싫었다. 태연하게 한타유와 헤어져 집으로 돌아온 요고로는 이미 그때 어떤 결심을 하고 있었다.

# 호위

환자를 위해 죽을 쑤고 있는 고스케의 아내가 있는 부엌을 들여다보며 이오리가 말했다.

"아주머니, 벌써 매실이 노랗게 익었어요."

"매미도 울기 시작했으니 익을 때가 됐나 보구나."

그녀는 아무 감흥도 없는 듯했다.

"아주머니, 왜 매실을 절이지 않아요?"

"식구도 적고, 매실을 그만큼이나 담그려면 소금이 많이 들잖니?"

"소금은 썩지 않아도 매실은 절여 두지 않으면 썩잖아요? 식구가 적어도 전쟁이 난다든가, 홍수가 날 때를 대비해서 평소에 준비해 두지 않으면 나중에 곤란할걸요. 아주머닌 환자를 돌보느라 바쁘시니 내가 절여 줄게요."

"호호, 너는 그런 일까지 걱정하고 있니? 어린애 같지 않구나."

이오리는 벌써 광에 들어가서 빈 통을 들고 마당에 나와 매실나무를 쳐다보고 있었다. 다른 집 아낙네를 힐책할 만큼 아이에게 어울리지 않는 사려와 생활 감각을 가지고 있는가 싶더니 어느 틈엔가 나무에 붙어 있는 매미를 발견하고는 그만 넋을 잃고 서 있었다.

이오리는 살며시 다가가 잽싸게 매미를 잡았다. 매미가 손바닥 안에서 울어 젖혔다. 자신의 주먹을 바라보며 이오리는 신비한 감정에 휩싸였다. 매미에게는 피가 없을 텐데 매미의 몸은 자신의 손바닥보다 뜨거웠다.

'피가 없는 매미도 생사의 갈림길에서는 몸에서 불같이 뜨거운 열을 발산하는가 보다.'

이오리는 이런 생각까지는 하지 못했지만 문득 무서워지면서도 매미가 가엾다는 생각이 들어 손을 높이 올리고 주먹을 폈다. 매미는 이웃집 지붕에 부딪치더니 마을 한가운데로 날아갔다.

이오리는 이내 매실나무에 오르기 시작했다. 나무는 꽤 컸다. 아무 탈 없이 자란 송충이가 놀랄 만큼 아름다운 털옷을 입고 기어가고 있었다. 무당벌레도 있었고 푸른 잎사귀 뒤에는 청개구리 새끼도 찰싹 달라붙어 있었다. 작은 나비는 잠을 자고 있었고 등에도 날아다니고 있었다. 이오리는 인간 세상에서 멀리 떨어진 별세계를 구경하듯 정신을 놓고 바라보고 있었다. 갑자기 나뭇가지를 마구 흔들어서 곤충들의 세상을 어지럽히는 것이 미안한 마음이 든 듯했다.

이오리는 먼저 물이 들기 시작한 매실 열매 하나를 따서 아삭 하고 깨물었다. 그리고 손 가까이 있는 가지부터 흔들기 시작했다. 매실은 곧 떨어질 것 같으면서도 쉽사리 떨어지지 않았다. 그래서 손이 닿는 매실은 손으로 따서 밑에 놓아 둔 빈 통으로 던졌다.

"앗, 이놈!"

무엇을 보았는지 이오리는 갑자기 그렇게 소리를 지르더니 집 옆으로 난 골목을 향해 매실 서너 개를 던졌다. 빨래를 말리기 위해 울타리에 걸쳐 놓았던 장대가 그와 함께 커다란 소리를 내며 땅으로 떨어졌다. 이어서 허둥지둥 황망히 뛰어가는 발소리가 길가 쪽으로 달려 나갔다.

오늘은 무사시도 외출을 해서 집에 없었다. 작업장에서 열중한 채로 칼을 갈고 있던 고스케가 대나무 창으로 얼굴을 내밀며 눈을 동그랗게 떴다.

"방금 무슨 소리냐?"

이오리는 나무 위에서 뛰어내리며 작업장 창문을 향해 말했다.

"아저씨, 울타리 밑에 또 수상한 남자가 쪼그리고 있어서 매실을 던졌더니 깜짝 놀라 도망쳤지만, 또 올지 몰라요."

고스케는 손을 닦으며 밖으로 나오며 물었다.

"어떤 놈이더냐?"

"건달이었어요."

"한가와라의 부하군."

"얼마 전 밤에도 저런 꼴로 가게에 몰려왔었죠?"

"고양이 같은 녀석들이군."

"무엇을 노리고 오는 걸까요?"

"안에 있는 환자에게 원수를 갚으러 오는 게지."

"호조 님요?"

이오리는 환자가 있는 방을 돌아다보았다. 환자는 죽을 먹고 있었다. 신조의 상처는 이제 붕대를 풀어도 될 정도로 아물었다. 신조가 부르자 고스케는 마루까지 걸어가서 물었다.

"좀 어떠십니까?"

신조는 쟁반을 옆으로 치우고 고쳐 앉으며 말했다.

"고스케 님, 뜻하지 않게 신세 많이 졌소이다."

"천만의 말씀입니다. 일이 바빠서 제대로 돌봐 드리지 못했습니다."

"신세를 졌을 뿐만 아니라 나를 노리는 한가와라 집의 부하들이 끊임없이 이 집을 엿보는 듯하구려. 내가 오래 있으면 그만큼 폐를 끼칠 것이고 만일 그로 인해 이 집에 화라도 닥치면 큰일일 것이오."

"그런 걱정은 하지 마십시오."

"아니오. 하여 몸도 이렇듯 회복되었으니 오늘로 작별을 할까 하오."

"예? 떠나신다고요?"

"감사의 인사는 후일 다시 하도록 하겠소."

"잠깐 기다리십시오. 오늘은 마침 무사시 님도 외출 중이시니 돌아오신 후에라도……."

"무사시 님께도 참으로 신세를 많이 졌으니 돌아오시면 잘 말씀해 주시오. 이젠 이처럼 걷는 것도 전혀 불편하지 않소이다."

"하지만 한가와라 집에 있는 건달들이 주로와 고로쿠의 원수를 갚는다며 신조 님이 집에서 나오기만을 기다리고 있습니다. 그래서 매일 밤낮으로 저렇게 동태를 살피러 오고 있는데 그것을 알면서도 혼자 보내 드릴 수는 없습니다."

"주로와 고로쿠를 벤 것은 정당한 이유가 있기 때문이오. 그런데도 싸움을 걸어온다면 어쩔 수 없이 나도……."

"그렇더라도 그 몸으로는 아직 무리입니다."

"걱정해 주는 건 고맙지만 별일은 없을 것이오. 그런데 부인은 어디 계시오? 부인께도 인사를 하고서……."

신조는 이미 떠날 차비를 하고 일어섰다. 고스케가 아무리 만류해도 듣지 않아서 두 부부는 어쩔 수 없이 전송을 하려는데 마침 무사시가 햇볕에 그을린 얼굴로 땀을 흘리며 가게 앞에 돌아왔다.

무사시는 신조를 보고 눈을 크게 뜨며 물었다.

"호조 님, 아니 대체 어딜 가시려고?"

호조가 집으로 돌아간다고 말하자 무사시 말했다.

"그 정도로 몸이 회복된 것은 기쁜 일이지만, 혼자 가시면 도중에 위험합니다. 마침 제가 제때에 왔군요. 제가 히라가와 덴진까지 바래다 드리겠습니다."

신조가 사양하자 무사시는 받아들이지 않았다.

"자, 그러지 마시고……."

신조는 결국 무사시의 호의를 받아들여 함께 고스케의 집을 나섰다.

"한동안 걷지 않았는데 피곤하지 않으신지요?"

"어쩐지 땅바닥이 높아 솟아 보여 이렇듯 걸음을 옮기는데 휘청휘청 합니다."

"그럴 겁니다. 히라가와 덴진까지는 거리가 꽤 있으니 가마를 만나면 타고 가시지요."

"실은 말씀을 드리지 않았는데 오바타 병학소에는 돌아갈 수 없습니다."

"그럼, 어디로?"

"면목이 없습니다만."

신조는 고개를 숙이고 말했다.

"당분간 아버님께 돌아가려고 합니다."

그러고는 이내 가는 곳을 말했다.

"우시고메牛込입니다."

무사시는 가마를 발견하고 억지로 신조를 태웠다. 가마꾼이 무사시에게도 가마에 타기를 권했지만 타지 않고 신조가 탄 가마 옆에 붙어서 걸어갔다.

"앗, 가마를 탔다."

"이쪽을 본다."

"수선 피지 말라. 아직 이르다."

가마와 무사시가 외곽의 해자를 끼고 오른쪽으로 돌자 모퉁이에 나타난 일단의 건달들이 제각기 옷자락을 걷어붙이고 팔을 말아 올리고서 그들의 뒤를 따라갔다. 한가와라 집의 방에 있던 자들이었는데 흡사 오늘 같은 날을 벼르고 있었다는 형상이었다. 모두들 무사시의 등과 가마를 향해 당장이라도 달려들 듯 광채를 발하고 있었다.

우시가후지牛淵까지 왔을 때였다. 가마 기둥에 돌 하나가 날아와 부딪히더니 튕겨져 나갔다. 그와 동시에 멀리서 둘러싸고 있던 건달들이 소리쳤다.

"게 섰거라!"

"이놈들 기다려라!"

이미 아까부터 겁에 질려 있던 가마꾼들은 그들을 보자 가마를 버리고 허둥대며 도망쳤다. 그들 머리 너머로 다시 서너 개의 돌이 무사시를 향해 날아왔다. 비겁해 보이는 것을 참지 못하는 신조는 칼을 들고 가마에서 나와 싸울 자세를 취했다.

"내게 한 말이야?

무사시가 신조를 가로막으며 말했다.

"무슨 일이냐?"

건달들은 얕은 개울에서 발을 옮기듯 조금씩 다가오며 소리쳤다.

"잘 알고 있지 않느냐!"

"그놈을 넘기거라. 허튼짓을 하면 네놈의 목숨도 없다!"

그들은 동료의 말에 기세를 올리며 살기등등해졌다. 그렇지만 누구 하나 먼저 칼을 빼들고 달려드는 자는 없었다. 무사시의 눈빛이 그들을 그렇게 만들고 있었던 것이다. 건달들은 거리를 두고 떠들어 댔고 무사시와 신조는 아무 말 없이 그들을 바라보고 있었다. 잠시 후 무사시가 입을 열었다.

"한가와라라는 너희들 큰형님이 거기 있느냐? 있으면 앞으로 나오라고 하여라."

"큰형님은 없지만 큰형님이 부재중일 때는 내가 책임자이다. 나는 넨부쓰 다자에몬念佛太左衛門이라고 하는 어른이다. 어디 무슨 말을 할지 들어주마."

흰 베로 지은 홑옷을 입고 목에 커다란 염주를 건 노인이 앞으로 나서며 말했다. 이에 무사시가 물었다.

"그대들은 무엇 때문에 호조 신조 님에게 원한을 품었는가?"

그러자 노인이 어깨를 으슥하며 무리를 대신해서 말했다.

"형제를 둘이나 잃고 가만히 있으면 그건 우리들의 수치다."

"그러나 호조 님의 말을 들어 보면, 그 전에 주로와 고로쿠라는 자가 사사키 고지로를 도와 오바타 가의 제자들을 야습하지 않았느냐?"

"그것은 그것이고, 이것은 이것이다. 우리 형제가 당한 것을 우리들 손으로 복수를 하지 않으면 얼굴을 들고 다닐 수가 없다."

"그렇군."

무사시는 고개를 끄덕여 보이고 다시 말했다.

"너희들이 사는 세계에서는 그럴 것이다. 그러나 무사의 세계는 다르다. 무사들 세계에선 이유 없는 원한은 허용되지 않는다. 무사는 의를 존중하고 명분을 위한 복수는 허용되지만 원한을 풀기 위한 행동은 남자답지 못하다고 손가락질을 받는다. 예를 들면 너희들처럼 말이다."

"뭐! 우리들의 행동이 남자답지 못하다고?"

"사사키 고지로를 앞세우고 무사로서 이름을 걸고 싸움을 걸어오면 몰라도 옆에서 도와주기나 하는 너희들을 상대할 수는 없다."

"뭐라고 지껄이든 우리들은 우리들의 체면을 세우지 않으면 안 된다."

"같은 세상에서 무사와 건달의 규칙이 맞부딪친다면 여기에서 뿐 아니라 가는 곳마다 피를 흘릴 것이다. 넨부쓰, 그것을 판가름할 수 있는 곳은 봉행소밖에 없다."

"뭐라고?"

"봉행소에 가자. 그리고 거기서 시비를 가리도록 하자."

"닥치거라. 봉행소에 갈 생각이었다면 처음부터 이런 수고는 하지 않았을 것이다."

"그대는 나이가 몇인가?"

"뭐라?"

"나이를 먹고 젊은 자들 앞에 서서 무익한 살생을 자처하려고 하는가?"

"잔말이 많구나. 이래 봬도 이 다자에몬은 싸움에서만은 나이를 먹지 않았다."

다자에몬이 칼을 빼 들자 뒤에 있던 무리들도 함성을 지르며 덤벼들었다.

"해치워라!"

"넨부쓰를 보호해라!"

무사시는 다자에몬의 칼을 피하고 그의 목덜미 부근을 잡아서 열 걸음 가량 성큼성큼 끌고 와서 해자 속으로 집어 던져 버렸다. 그러고는 다시 건달들 속으로 뛰어들어 그들과 싸우고 있던 호조 신조를 겨드랑이에 끼더니 그들이 놀라 허둥거릴 때 번개처럼 우시케후치 벌판을 가로질러 구단九段 언덕의 중턱까지 치달았다. 이윽고 두 사람의 모습은 위를 향해 점점 멀어지고 있었다.

우시가후치나 구단 언덕이니 하는 이름은 훨씬 후세에 붙여진 지명이다. 당시 그 근처는 울창한 수목으로 덮여 있는 절벽과 외곽 해자로 모여드는 계류와 늪의 물을 머금은 습지만 있었을 뿐이었다. 지명에 있어서도 귀뚜라미 다리나 떡나무 언덕과 같이 더없이 토속적인 이름을 가지고 있었다.

넋을 잃고 있는 건달 무리들을 뒤에 남기고 언덕 중턱까지 달려온 무사시는 옆구리에 낀 신조를 내려놓으며 주저하는 그를 재촉했다.

"이젠 됐겠지. 호조 님, 어서 도망칩시다."

건달들은 그제야 정신을 차리고 기세를 올려 악을 쓰면서 언덕을 뛰어올랐다.

"놓치지 마라."

"겁쟁이."

"입만 살았구나."

"부끄러운 줄 알거라."

"그러고도 무사이냐?"

"잘도 방장인 다자에몬을 해자에 처박았겠다. 돌아오너라."

"이젠 무사시도 우리 적이다."

"이놈들, 기다려라!"

"비겁한 놈!"

"부끄러운 줄도 모르는 놈."

"가짜 무사 놈."

"서지 못할까!"

가지각색의 욕설과 고함이 등 뒤에서 날아왔지만, 무사시는 뒤도 돌아보지 않고 호조 신조를 재촉했다.

"도망치는 게 최선이오."

그러고는 웃는 얼굴로 중얼거렸다.

"도망치는 것도 쉬운 일이 아니군."

이윽고 무사시와 신조는 그들의 추격권에서 벗어났다. 무사시가 돌아보자 더 이상 쫓아오는 모습도 보이지 않았다. 자리에서 일어난 지 얼마 되지 않은 신조는 뛰기만 했는데도 얼굴이 창백해져서 숨을 헐떡이고 있었다.

"힘이 드시오?"

"아, 아니 그 정도는 아니지만."

"그들의 욕설을 들으며 도망친 것이 분한 것이오?"

"……."

"하하하, 마음이 가라앉으면 알게 될 겝니다. 때론 도망치는 것도 유쾌한 일이라는 것을. 아, 저기 시내가 있소. 목을 좀 축이시오. 그러고 나서 댁까지 바래다주겠소."

아카기赤城의 숲이 보이기 시작했다. 호조 신조의 집은 그 아카기 신사 아래였다.

"부디 집에 들르셔서 제 아버님을 만나셨으면 합니다."

신조가 말했지만 무사시는 적토로 된 토벽이 보이는 곳까지 와서 이렇게 말하고 돌아갔다.

"또 뵐 기회가 있겠죠. 몸조리 잘하시오."

이 일이 있은 후, 무사시의 이름은 에도 거리에서 한층 더 유명해졌다.

"그는 소문만 번드르르한 자이다."

"비겁자의 표본이다."

"부끄러운 줄도 모르고 무사도를 더럽히는 자이다. 그자가 교토에서 요시오카 일문을 상대로 싸웠다지만 필시 요시오카가 약했거나 아니면 교묘히 도망을 쳐서 허명虛名을 팔았음에 틀림없다."

유명해졌다는 것은 바로 이런 악평 때문이었는데 누구 하나 무사시를 변호하는 사람이 없었다. 왜냐하면 그 후, 한가와라의 무리들이 입을 모아서 무사시의 험담을 퍼뜨리고 다녔을 뿐 아니라 에도의 네거리마다 다음과 같은 팻말을 몇십 개나 세워 놓았기 때문이었다.

언젠가 우리에게 등을 보이고 꽁무니를 친 미야모토 무사시에게 고하
노라.

혼이덴 가의 노파도 원수인 너를 찾고 있다. 우리도 형제의 원한이 있
다. 나타나지 않으면 무사이기를 포기한 것으로 알겠다.

한가와라 일족

8권에서 계속